ウェンディ・ワッサースタイン著
屋代通子訳

を手に入れる方法

築地書館

Sloth The Seven Deadly Sins
by Wendy Wasserstein

This translation published by arrangement with Oxford University Press

Translated by Michiko Yashiro
Published in Japan by Tsukiji Shokan Publishing Co., Ltd.

はじめに

記憶にある限りずっと昔から、わたしは自分を向上させる正しい方法を探していた。いつだって、あと一歩で幸せに手が届くような気がしていた。

ちょっと体重を減らせさえすれば……。

三〇日で言葉遣いがよくなれば……。

お腹とお尻のお肉がちょっと引きしまれば……。

スペイン語を話せるようになれば……。

心の平穏を得られれば……。

日課をもっと整理できるようになれば……。

自分の気持ちをきちんと伝えられれば……。
はっきりものを言えるようになれば……。
自分の気持ちを一〇〇パーセント表現できれば……。
一〇回デートして結婚を申し込んでくれる男をつかまえられれば……。
娘を一二歳でハーバード大学に入れられたら……。
男が話す言葉の裏を全部見抜けたら……。
有機栽培のものだけ食べていられたら……。
フロリダ州サウス・ビーチのローラーブレーダーなみの心拍数になれたら……。
四〇〇もの違った体位でセックスを楽しみ、そのすべてを愛せたら……。
内なる子どもを見つけられたら……。
外なる大人をリセットできたら……。
いい人たちが不幸に遭うことを甘受できたら……。
ヘブライの神様を抱きしめられたら……。
キリスト教の神様を抱きしめられたら……。

イスラムの神様を抱きしめられたら……。

スザンヌ・ソマーズみたいに詩を書けるようになれたら……。

数え切れないほどの自己改善法を試した。ダイエット本やエクササイズ本、料理本や魂に導きを与えてくれるという本に、何千ドルも費やした。いつも、そこに答えを見つけたような気がした――最初の三週間ほどは。だいたいそのくらいで、しかけが見えてくるのだ。

一例を挙げよう。『ドクター・アトキンスのダイエット革命』をはじめて読んだときは、ベーコンと卵、それにブリーチーズの塊だけ食べて生きていくなんて、ワーオ、なんてすばらしいと感心したものだ。朝食に三〇本もつながったソーセージを食べるところを想像して、唾がわいてきた。夕食に「またステーキ?」とうんざりする日がくるなんて、想像もできなかった。

けれども三週間目になってパン屋のショーケースに並んだパンを見たとき、わたしはどうしようもなく泣けてきて、自分を抑えられなかった。なんと、パン屋に押し入ろうとしたのだ。しかし警報機がなって消防隊が駆けつけ、わたしは止められた。

　家へ帰り、なぐさめにもう一度『ドクター・アトキンス』を読んでみたのだが、そこに書かれていたのは、炭水化物を摂らないダイエットにまつわる体験談ばかりだった。たいていのダイエット本は、日々のダイエットメニューの記述に割いているのはわずか二ページほどで、あとはそのダイエット法を取り入れた新しいライフスタイルがどんなにすばらしいかを、熱心に述べ立てているだけなのだ。

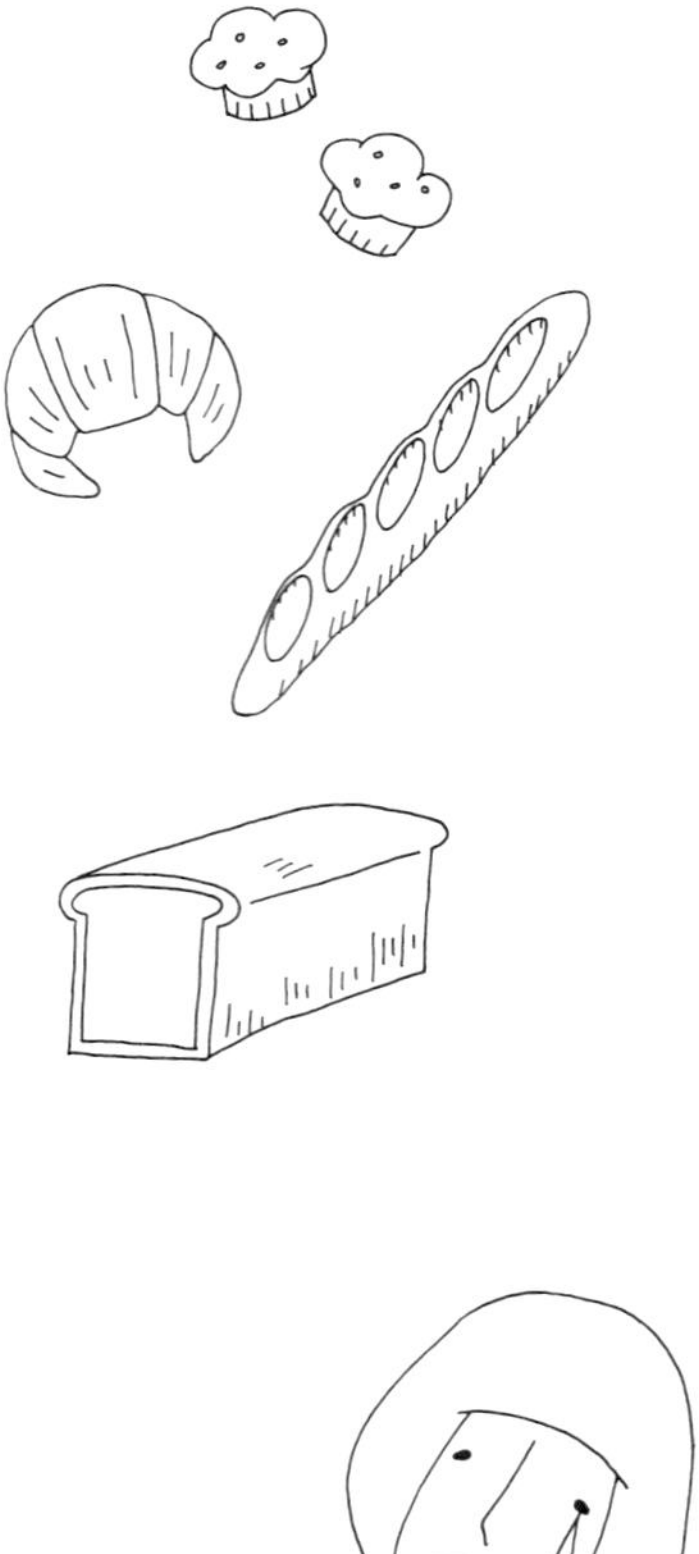

パン屋侵入未遂事件のあと、単にダイエットをすれば変われるわけではないことに気がついた。人生を真に改善するには、自分自身がもっといい人間、もっと首尾一貫した人間にならなければいけない。

そこで今度は、対人関係や対話の仕方のハウツー本をしこたま買い込み、男は別の惑星の生きものなのだから、それを踏まえて行動しようと心から努力した。しかし男が異星人だと考える方法も、やはりうまくいかなかった。自分の気持ちを残らず吐き出し、本音を伝えるという方法にもチャレンジしてみた。けれどギリシャ風カフェでウェイターをつかまえ、「わたしには幸せになる力がないのかもしれないわ。それはね、小学校一年生のときの悲惨な経験が原因だと思うの」と心配な胸のうちを打ち明けてみたが、相手はてんで関心を示そうともしなかった。

その次に本腰を入れて取り組んだのは、相手の反感をかき立てず、かつ率直に自分の主張を伝えるアサーティヴネスを高めることだったが、おかげで友人たちは誰ひとりわたしと口をきいてくれなくなった。

自分の人生を幸せにしてくれるはずのマニュアルを求めるたびに、わたしは以前より悲しく、ひとりぼっちになっていった。ほかの人はみんな幸せへの道を歩いているのに、わたしだけがそこにいない気がした。生き方を変えるのは簡単なはずだ。朝のワイドショー番組や半分コマーシャルの情報番組などに登場する生き方指南本の著者たちが、毎日のように口を酸っぱくしてそうくり返しているのだから。でも、わたしの人生はちっともよくならないし、本を読めば読むほど、わたしは打ちひしがれた気持ちになった。

外向きの生き方を変えることに失敗したわたしは、心の平安に目を向けることにした。対人関係はダメ、タンパク質だけで生きていくこともムリ。ただ、少なくとも自分ひとり泰然としていることはできるはずだ。

しかし精神の安定に集中しようとすればするほど、わたしは神経過敏になっていった。ストレスのない調和の取れた生活を思い浮かべようとすると、眠れなくなってしまうのだ。チャクラを見つけて背筋を伸ばすどころか、犬のポーズさえままならない。だからかわりに一晩中目を覚まし、未解読の古代文字、線文字Aと線文字Bを解読しようと躍起になった。ストレスのない生活が無理ならば、せめて誰にも負けない教養人になろうと、

『素人のためのウィトゲンシュタイン』『素人のための非ユークリッド幾何学』『素人のためのアラム語』『ベルクのオペラ入門』……そのほか、素人のためのデカルト、冷戦後の社会理論、絶対知とは何か、コンピュータ・ウィルスのつくり方、クローン遺伝学、中東平和などなどの入門書を読みあさった。全部読んだけれども、日常生活はかわりばえしなかった。わたしは単なる雑学屋になり、知識はたいして役に立っていない。

ちょうどそんな具合に、自分は人生の負け組だと認める気分になっていた頃、ロサンゼルスに住む友人のパット・クィンを訪ねた。パットはハリウッドでタレント相手のエージェントをしており、目的意識とやる気に満ちた人だったので、刺激を受けられるのではないかと考えたのだ。

ロサンゼルスでフリーウェイを走るのは気持ちがいい。なぜなら、みんなが自分だけの殻に閉じこもっているように見えるからだ。アウトドア仕様のばかでかいキャデラックで自己啓発CDを聴いている人だって、所詮はスモッグだらけの八車線道路を行ったり来たりしているだけなのだ。それがわたしにはなぐさめになった。

パットに刺激を受けて、自分に必要なのは冷静になることだ、とわたしは思った。まだひとつ試していない自己改善プログラムがあったのだ。ボディビルである。中年にさしかかっているとはいえ、努力すればボディビルの女王になれるかもしれない。それをステップに、カリフォルニア州知事にも。

腕や腿で波打つ引きしまった筋肉を想像して、わたしは気をよくした。九〇〇キロのベンチプレスを上げてやる。現実に重たい物体を持ち上げられたら、自分自身を精神的に持ち上げることだってできそうな気がする。そこでわたしはボディビルの聖地へ出かけて行った――カリフォルニア州ヴェニス・ビーチへ。

着いてみると、ボディビルの聖地であるはずの場所で人々は鉄球を上げ下げしているどころか、サンタ・モニカ埠頭へと、長い長い行列をつくっていた。行列には、ありとあらゆる人種の若者、年寄り、太った人、痩せた人、背が低い人に高い人、美醜とりまぜ雑多なタイプの人々がいた。

近づくと、全員にひとつの共通点があることに気づいた。みんながみんな、『怠惰を手に入れる方法』なる本を持っていたのだ。それは刊行されたばかりの本だった。その頃には自分磨きの本を読まなくなっていたわたしは、出版されたことを知らなかったのだ。どうやら販売初日にして、聖書をしのぐ売上を記録しているようだ。直観的にわたしは、行列を無視してウェイトリフティングをはじめなきゃ、と思った。だが何かを待ち受けている人々の様子がとても晴々としていたので、ちょっとばかり列に並んでなりゆきを見守ってやろうと決心した。

横にいた男性にわたしは訊ねた。

「みなさん、なぜここに集まっているんです？」

男性は答えた。

「世界一、影響力絶大な人が来てるんですよ。わたしの人生を変えてくれた人です。近頃じゃね、何をするにもわざわざ起き上がったりしないんですが、今日は彼に会いたくて来たんです」

「それ、どなた？」

「この本、『怠惰を手に入れる方法』を書いた人ですよ。自己啓発みたいなこと、いろいろ試してみたんですがね。これだけでした、うまくいったのは」

わたしは口をはさんだ。

「この手の本で人生を変えられるなんて、信じられないわ。それに、この本は聞いたことありませんし」

横に並ぶ男性が説明してくれた。

「つまりね、自己啓発書というのはどれも、あれをやれ、どうやれ、どのくらいやれってうるさいでしょ。この本だけは、何もしなくていいって書いてあるんですよ」

わたしは男性の言葉を反芻し、その考え方がとても気に入った。自分の人生を変えたいと切望してきた女性にとって、何もしないという考え方は天啓に思えた。こうしてわたしも、巡礼者の列に加わることにしたのだ。

何日も待たされて、列はじりじりと著者に近づいていった。前に進まないのはどうやら、著者が昼寝をするせいらしかった。やっとの思いで列の先頭に来ると、著者は水色のパジャマを着てハンモックに寝そべっていた。水色は昔から怠惰のシンボルカラーだ。周辺にはアメやチョコの包み紙が散らばり、著者は上からつるしたプラズマテレビを見ていた。わたしはかたわらにいた本屋から本を買い、サインしてもらうために著者に差し出した。彼は自筆で署名するのでなく、署名を刻んだゴム印を持っていた。彼はわたしの顔を見て言った。

「あなたには怠惰が向きますよ。ほんとに必要そうだ」

彼は間違いなく、予定でがんじがらめになったわたしの魂を見抜いたのだ。パットの部屋に帰り、本を読み、わたしの人生は決定的に変わった。わたしはそのままパットの部屋のベッドに一カ月間居座ったが、とうとう追い出され、鍵も変えられてしまった。しかし、そのあいだにわたしは怠惰にいれあげ、それ以来ずっと実践している。山ほど読んだ生活改善マニュアルで唯一、心から忠実に守ることのできた本だ。何年かたったいまも、このマニュアルにしたがうのはいたって簡単である。

わたしが怠惰を手に入れることに成功したことと、ほかのベストセラー自己啓発書ではことごとく落ちこぼれていたせいで、くだんの著者が改訂版を出すにあたって序文を書いてほしいと頼んできた。しかも怠惰のあまり、本文も自分では書けないというので、それも尊重した。だからこの序文に続くのは、もとの『怠惰を手に入れる方法』と、超絶怠惰をあつかった書き下ろしの新章、そしてあらたな行動計画だ。

それでは幸運を！

この本にしたがえば、わたしのように、すべてをすっかり諦めてしまったあとにくる至福の思いを味わえるはずだ。自分磨きなんてもうやーめた！　と言える勇気を怠惰はくれる。この本を読めば、自分を高めたいなんて口やかましい願望とはきれいさっぱりおさらばできる。怠惰は最速で世界中に広まっているライフスタイルだ。それというのも、実践するのが超簡単だから。怠惰をつかんだら、そのあとはもう、しなければならないことなんて何もないのだ。

ウェンディ・ワッサースタイン

も
く
じ

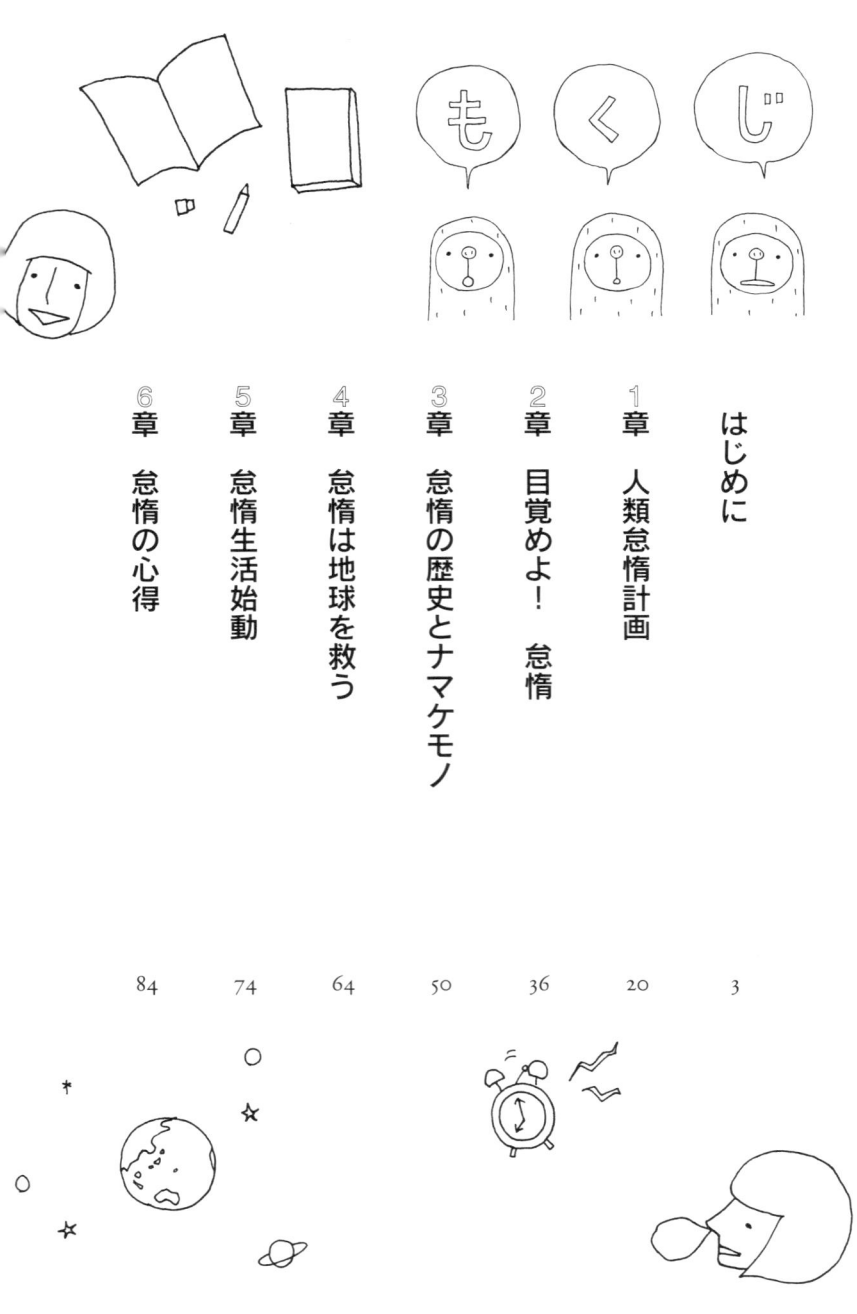

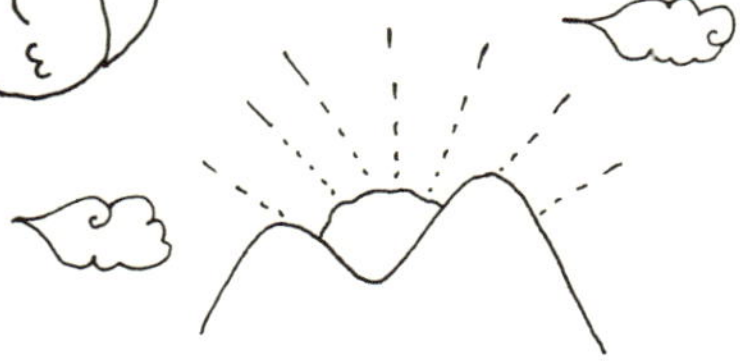

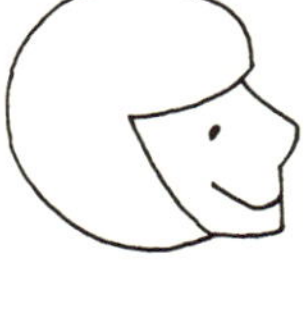

本書は、ニューヨーク公共図書館とオックスフォード大学出版局によるキリスト教「七つの大罪」についての講演企画のうち、『怠惰』の翻訳版である。

怠惰を手に入れる方法

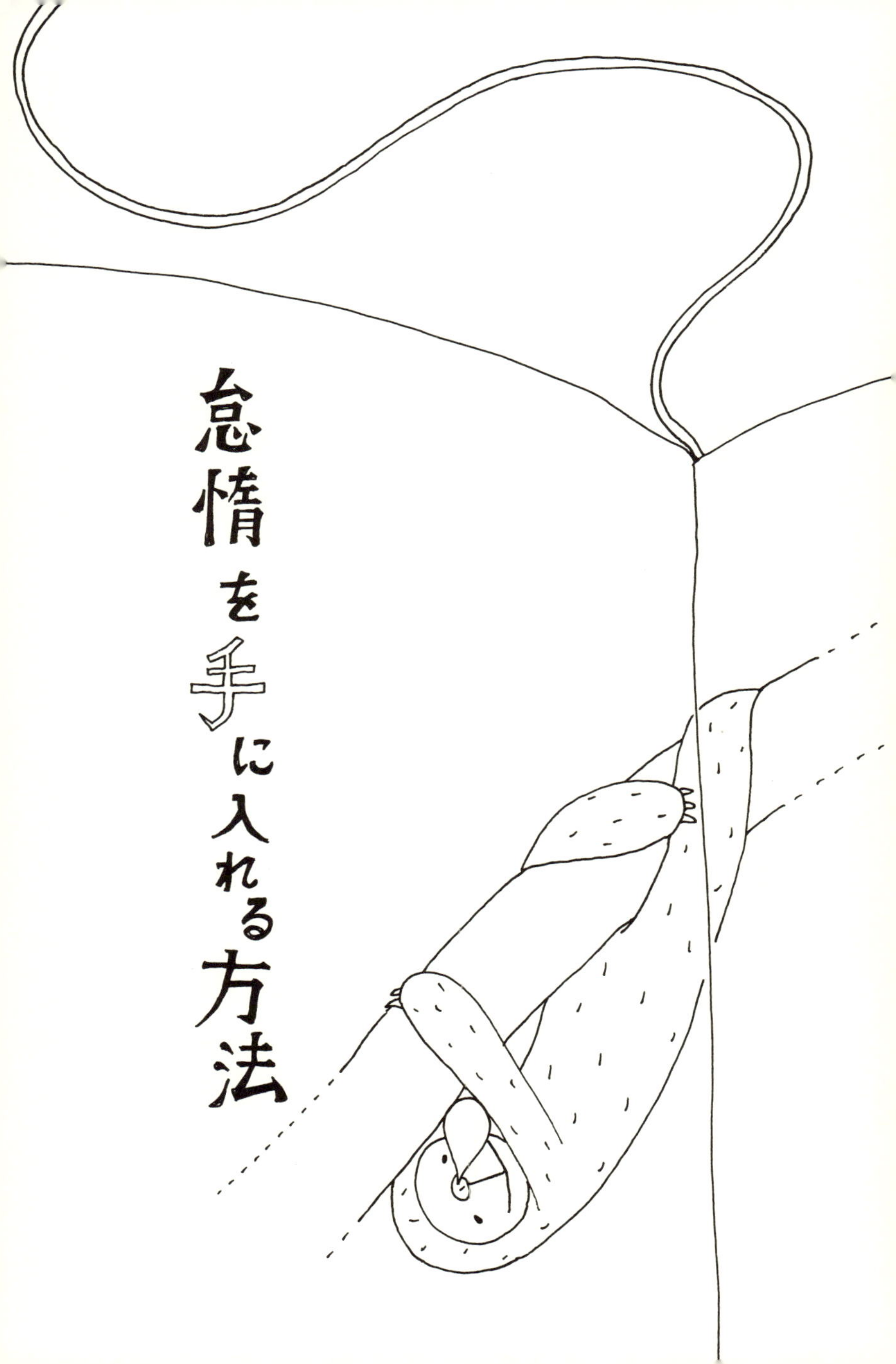

1章 人類怠惰計画

リラックスして！

楽しんで！

心を開いて！

この本を読めば、どうしたらそれができるか、ばっちりわかります。怠惰計画は、普通のダイエットやエクササイズを使った摂生法ではないんです。今日からあなたの人生をすっかり変えてしまう哲学です。

目を覚ましてテレビをつけると、真っ白なビキニを身につけて、朝っぱらからハワイの砂浜でエクササイズしている美女を見るでしょう。そういう美女を見てあなたがひそかに

何を思っても、怠惰計画は容認します。彼女たちは頭がおかしいんです、口にするものといったら火をとおした野菜だけで、活動しすぎ。おおかたの人間よりちょっとばかり長生きするかもしれませんが、中身はいたって薄っぺらなんです……。

この本を手にしている人は誰しも、一度や二度はこんな新年の誓いを立てたことがあるのでは——今年こそぐうたらをやめてジムに通うぞ！　ジャック・ラレーンやアーノルド・シュワルツェネッガーは、読者のみなさんのような人たちに、寝そべっていたい本能はどこか間違っているぞと感じさせて巨万の富を築いたのです。冷えたピザとビールの朝食はＮＧで、朝から五〇キロや一〇〇キロの鉄の塊を持ち上げているほうがいいんだ、とわたしたちはなぜか思い込まされてきました。流刑地って行ったことあります？　頭の変になった犯罪者がやらされることが、まさにそれなんです。

怠惰計画のどこがそんなにすごいのか。この計画が文明社会でなぜまたたく間に広まったのか。それは、ひとたび計画の真髄を身につければ、エクササイズにとどまらず、人生のあらゆる面に応用できるからです。

一日中働いたあと、家族のために低カロリーの健康的で美味しい夕食をつくり、一〇代にもなった子どもの宿題を見てやり、旦那の夜のお相手をしてあげたうえに、皿洗いをするまではベッドにも入らないスーパーママしてますか？　それではエネルギーをかき集めて、子どもたちには「宿題は自分でやりなさい」と言い、汚れた皿や鍋は誰かほかの人が洗うまで放っておきましょう。さぁ、シートベルトははずして。怠惰計画は、おそらくあなたの人生はじまって以来、さぼっていいと言ってくれるんですから。

この際、人生の「ねばならない」は忘れましょう。

もっと一生懸命働か「ねばならない」、神を信じ「ねばならない」、もっと稼が「ねばならない」、勃た「ねばならない」、Mサイズを着られるようになら「ねばならない」、子どもを四人は有名大学に入れ「ねばならない」。

さあ、「ねばならない」を真正面から睨んで、「地獄へ堕ちろ！　お前のために生きてるんじゃないぞ」と言ってやりましょう。横になって、ほかの人の――それにひょっとしたら自分自身の――期待に応えるのをやめてエネルギーが蓄えられれば、きっと何年分も若返った気分になれます。怠惰計画に宗旨変えすれば、誰でもエネルギーが再充填されるのです。なぜなら生まれてはじめて、自信を持って心から休むことができるからです。
怠惰計画は人生のあらゆる面に応用できると言いました。減らした体重はずっとそのまま、だってわざわざ起き上がらなければいけない理由なんて、ほんとうは何もないんだから。

こう考えてみましょう。たとえば低カロリー・高タンパクの食事を半年も続け、自転車こぎのクラスに毎日通ったとします。たしかに体重は減るでしょう。けれどもそんなきつい摂生を続けていたら、そのうちに自分の健康と栄養のことばかり、しじゅう話しているようになってしまいます。友人たちはうんざりし、こんな自己チュー人間とはかかわりたくないと思いはじめるに違いありません。つまり、低カロリーの食事で太腿ダイエットを続けたら、あなたは単なるまったいら人間になるだけなのです。ところが怠惰計画ならばふっくら円熟を保てます。

怠惰計画の信奉者は、けっしてエクササイズの予定にしばられたりしません。何しろ四六時中休んでいるんですから。さあさあ、本音を言ってみてください。ゾーン・ダイエットしている体重四五キロの映画女優と、のんびり横たわったハーレムの美女と、どっちがセクシーに見えますか？

怠惰目線で想像しよう

怠惰は役に立ちます。疑うのなら、視覚的に考えてみましょう。

いいですか、最初のイメージです。電子手帳を手にして、一週間の予定を調べている自分の姿を思い浮かべてみましょう。この一週間、予定はずっとこんな感じ。

Weekly Planning

▶ Mon
Tue
Wed
Thu
Fri
Sat
Sun

5：30	起床
6：00	ウォーキング40分
7：00	子どもたちの朝食
8：00	子どもたちを学校へ送る
9：00	職場到着
10：00	職場朝礼
11：00	コーヒーブレイクの時間にヨガ
11：30	企画会議
12：30	取引先と食事
15：00	取引の希望者と打ち合わせ
16：00	プレゼンテーション
17：00	ウェイトリフティング20分
17：30	子どもたちにフランス語を教える
18：00	子どもたちを全員精神科に連れていく
19：00	サーモン・ブレゼをつくる
21：00	保護者会に出席
22：30	ハーネスをつけてセックス
0：00	選挙結果の速報を録画するためタクシーに飛び乗る
2：00	お肌の保湿
3：00	オンラインの新聞を一週間分読み、ネットで議論
4：00	ケーブルテレビの早朝講座でハイデッガーを研究
5：00	ピラティス
5：30	ふり出しに戻る

そのイメージが頭に焼きついたら、
第二のイメージ。

一日中ハンモックに寝そべり、動くのはそよ風に揺すられるときだけ、という自分の姿を想像してみてください。手の届くところには、チーズ（乳脂肪分増量タイプがおすすめ）の皿、ダイエットコークの徳用ボトルにワインが乗ったテーブル。ヤシの木にプラズマテレビがつるしてあり、手にはリモコン。サッカレーと娯楽雑誌。体を動かすのは、天気が荒れた場合、這うか転がるかして、居間や寝室に移動するときくらい。

さてさて、一番目と二番目、どちらが幸せで健全な人間らしい生き方でしょう？　ただ何かを証明したいとしゃかりきになっている人、自分自身の宇宙のなかでついに平安を見出した人、どちらのイメージがどちらの人間像を示しているでしょう？

この本を読んで、わたしが提案する考え抜かれたエクササイズとダイエット、そして人生管理計画にしたがえば、第二の人間像があなたのものになります。健康や成功に輝く必要なんてないんです。輝くには働かなくてはならない。いまこの瞬間からは、「輝く」ことに「ノー」と言える意志を持ってもらいたいのです。

いまや二一世紀、ヴィクトリア朝も婦人参政権運動も昔の話。人間の可能性を定義しなおす時代なのです。怠惰を愛しましょう。

汝ら怠惰の門をくぐる者、希望を捨てよ

怠惰こそ、もっとも人生を安定させやすい手法であることは約束しましょう。わたしたちの多くは、上司や家族、大統領、場合によっては神様に対してまで腹を立て、時間を無駄にしています。ところが怠惰計画を実行すれば、何かを変えたりするなんてできっこないさ、ということを受け入れられるようになるのです。

権力はどうせ選ばれたごく少数がにぎっているものなのだから、人生を荒野でさびしく吠えて過ごす必要なんてありません。言いかえれば、わたしたちは誰だって、たけり狂ったオオカミにも、平和な眠たい羊にもなれるってことなのです。人より金持ちでスマートでわんさかチャンスを与えられる人はたしかにいます。コネがあればね。でもそれがどう

した。どんなに頑張ったって、もともと戦っている土俵が違うんです。だから胸についている怠惰のボタンを押して、さあベッドに直行しましょう。

ハリー・アッカーマンの話をしましょう。ハリーは高血圧・高血糖・うつ気味、孤独で破産していて離婚歴もあり。おまけに、人とは違う性的趣味がありました。歩く時限爆弾状態です。精神科医を訪ね、産業カウンセラーを訪ね、催眠術を試し、娼婦になぐさめてもらい、教会へ出かけ、瞑想にふけり、テロ組織に入ったり海兵隊に入隊したり、はては母親に泣きついたりしました。そしてついにこの本と出会い、ハリーは目が覚めたのです。すべてを諦めたとたん、ハリーは再びやる気がわいてきました。怠惰がハリーの人生の危機を救ったのです。現在のハリーは、ほとんど何の肩書も地位もないのですから。

「怠惰は、途方もない衝撃でわたしの人生を前へ押し出してくれたよ」

ハリーはオハイオ州カントンのホテルで、折りたたみ式ベッドに寝そべりながら言います。

「以前は何もかもが怖かった。いまは自分が何もしなくていいとわかっているからね、恐ろしいことなど何もないよ。何事か起こっても、無視すればいいって怠惰計画が教えてくれるんだ。ここ何年かで、はじめてやる気が出たよ」

怠惰の心がけ

まず心がけを変えましょう。

わたしたちは生まれたときから、「立ち上がって進むべし」と教わってきましたが、それがいまやわたしたちを着々と殺しつつあるのです。ファッション業界やフィットネス業界は、現代人が集団で抱えている自己嫌悪をネタに大儲けしています。政府さえも努力――肉体的な努力と精神的な努力の両方――が暮らしを変えると言いたがります。わたしたちがお祈りやらエクササイズやらに没頭したり、あるいはお祈りとエクササイズと両方いっぺんに励んだりしていれば、政府に気を取られる暇がなくなりますからね。

怠惰の心がけは、「自分の偉さを証明する必要はないし、行かなければならないところもない」というもの。なにも現代のシーシュポスになって、てっぺんまで運び上げたら落っこちてしまう大岩を、せっせと運び上げなくたっていいではありませんか。

現実的になりましょう。映画みたいな人生を信じている人なんていますか？　生まれつき棒っきれみたいな脚で、オリンピックのスキー種目で金メダルを取れますか？　第一、オリンピックのスキー選手なんて四〇までには燃えつきて、アルプスかどこかの二流スキーリゾートで酒びたりのスキー指導員になりはてるのがおちなんですから。

怠惰の心がけを知れば、剣闘士は見て楽しむにはいいけれど、人生の理想像にはなりっこないと気づくことができるのです。

怠惰の掟

さてさて、説教はこれくらいにしましょう。

ダイエットの話はいつはじまるのかって？　ぴっちりラミネート加工して持ち運べる怠惰計画書はどこかって？

それでは、おぼえておきたい原則をお教えしましょう。特別にやさしくつくりました。追々おわかりになるかと思いますが、この本は端から端までやさしくつくってあります。とにかくすぐにでも、何か努力するなんてことをやめちゃってほしいからなんです。「なまけもの」の文字を思い浮かべたら、それを頭文字にした五つの掟をいつもおぼえていられますよ（ね、戒律も半分で済んだでしょ！）。

な　何はともあれ、まず座る

何をするにも、起き上がらなければいけないという理由はありません。必要なら向こうからやってきます。食べものだって、セックスだって、宗教だって、会話だって、知的刺激だって、自由ですらも。

ま　まったり心を解き放つ

自分をがちがちにしばりつけているものにはすべて別れを告げて。今日すぐに、電子手帳も、電子機器オンチのあなたならシステム手帳も、全部捨ててしまいましょう。

け　限界まで口を開ける

そして、入れていいと思うものをみんな入れてやろう。

ひとたび食事や飲みもの制限をなくしたら、食べることは喜びとなり、強迫観念は薄れます。

も　もう骨折り仕事はやめる

寝そべってできること以外、仕事はやめてしまいましょう。

の　のんびり幸せ気分で過ごす

外へ行って稼いでくる必要はないんです。

病気を予防するのは、年に一度の健康診断でもビタミン剤の注射でもバイアグラでもなく、幸せでいることなんです。

いつも掟を目で見ていないと落ち着かないという人や、額に入れて飾っておきたいという人のために、怠惰の掟【短縮版】をここに。

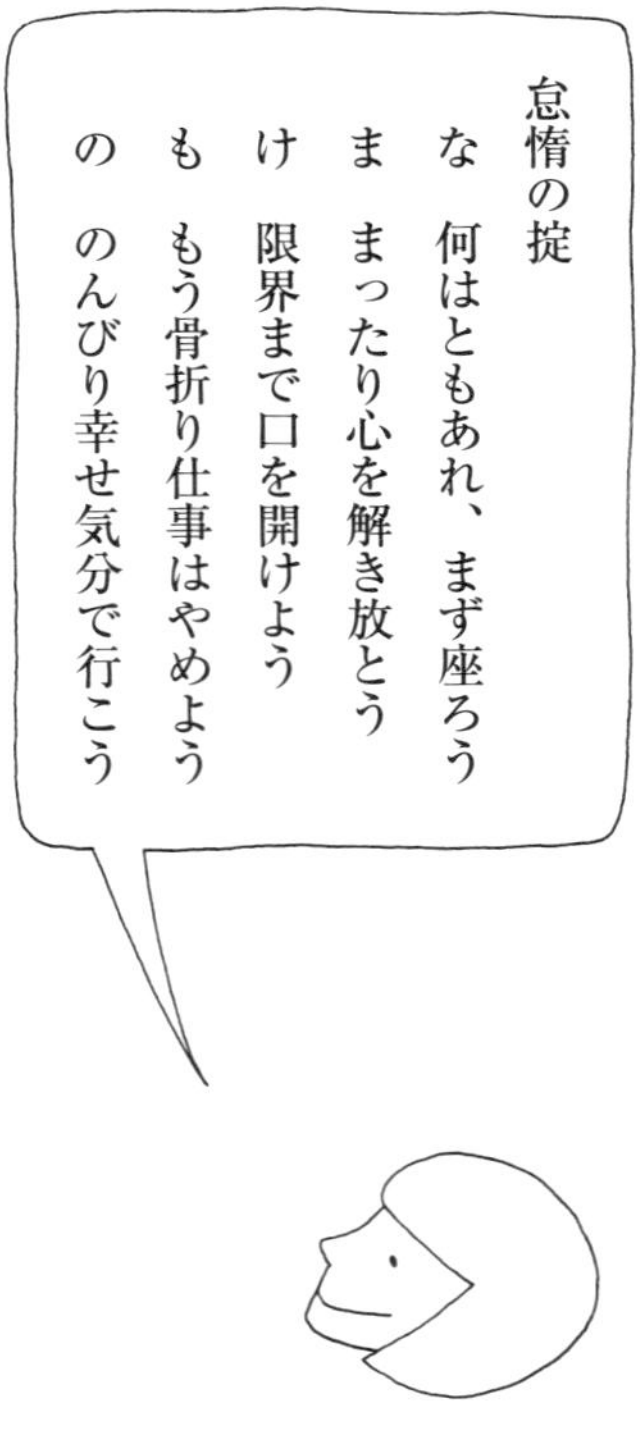

怠惰の掟
な　何はともあれ、まず座ろう
ま　まったり心を解き放とう
け　限界まで口を開けよう
も　もう骨折り仕事はやめよう
の　のんびり幸せ気分で行こう

怠惰の五訓があれば、いままでどんなやり方を試しても人生を変えられなかった人でも、きっと生き方を変えられることうけあいです。

答えを探すのはもうやめよう。答えは怠惰です。

2章
目覚めよ！　怠惰

たしかに。懐疑的な読者が何を考えているかはわかるつもりだ。なぜあんたの言うことを聞かなきゃいけないの？　あんた何様？　どういう資格があるの？　ひと儲けたくらんでる詐欺師じゃないの？

わたしはただの男

わたしは医師ではない。しかし医療的な問題はあれこれ抱えているので、最新の医療情報には精通している。

わたしは叙階を受けた聖職者ではない。だが未成年の男女と性交渉を持ったことはあるので、それが聖職資格と同等であると理解している。

さらにいえば、わたしは栄養士でもスポーツインストラクターでもない。しかしコヴェント・ガーデンのブリュッセル・レストランでウェイターをしていた経験があり、ベルトコンベヤーにムール貝とフライドポテトを乗っけていた。

国民的なセレブだとか情報番組の司会者だとかになりたいとは思わない。驚くなかれ、カンフーや格闘技ばりのエクササイズビデオに対抗して、怠惰でやる気をなくすＤＶＤをつくらないかと持ちかけられたことがあるのだ。わたしにいわせれば、深夜のテレビショッピング番組で持ち運びもできる筋トレマシンを売り込んでいる筋骨隆々タイプにはみんな、酔い止め薬のドラマミンを注射してやればいい。

信じてほしい。わたしは、怠惰によって人生を一八〇度転換させることのできた、ただの男だ。すべての人が怠惰を受け入れられるようになるといい、という使命感を持っているだけだ。

今度はこんな疑問を持たれるだろう。

ほんとうに怠惰な人間が、改革運動の先頭に立てるのか？

第一に、わたしはこの本を最初から最後まで寝そべって仕上げた。第二に、半分は口述筆記、半分は秘書が書いた。そして肝心なのは、怠惰だからといって楽に金を稼ぐ欲望がないとはひとことも言っていないということだ。

いろんなライフスタイルを推奨したり、ダイエットを指導したりする本が出版業界で幅をきかせていて、尊敬すべきオックスフォード大学出版局だって例外でないことは、わたしもよく知っている。だから、わたしがお手軽に一〇〇万ドル稼いではいけないという法があろうか。たった二〇〇〇部しか売れない処女小説を書いて、時間を無駄にしたというのとはわけが違う。怠惰は、おろかとは別物だ。スザンヌ・ソマーズや誰かさんがダイエットやゾーン・ダイエットの本で大儲けするのなら、わたしだって。『サウスビーチ・ダイエット』の著作権料を聞いたら、あなただって書きたくなってくるのでは。

ダイエット本を書いて出版するのは、詩や文芸評論、あろうことか戯曲——神様お許しを——を書くよりずっとましだ。そういうものを完成させるには天分が必要で、しかも金銭的な代償はたいていの場合、努力に引き合うとはいえないのだから。

これでもまだわたしが信用ならないというのなら、今度は家族史をお聞かせしよう。

父は怠惰の対極

わたしの父は一九二二年にアメリカにやって来た。彼の人生は、怠惰とは正反対の二〇世紀アメリカ史そのものだ。克己心と創意、やる気まんまんの若者の物語だ。

父はロシアのウロスクを発ち、姉のナターリアとともにエリス島に降り立った。母親は虫垂炎のために船上で亡くなり、父親はそれ以前にウィーンで歌手とかけおちしていた。上陸したとき、父は八歳、父の姉は一二歳だった。ふたりは、国際婦人服労働者組合で速記者をしていた、いとこのヒンダのもとに身を寄せた。その後、姉のほうは共産党オルグになる。世界を変えようとしていたわけだ。

父はなまけようなどとは夢にも思わず、皿洗いをし、ウォール街で靴磨きをし、映画館で切符のもぎりをやった。同時にワシントン・アービング高校でクラスいちばんの成績をおさめた。

父にとってアメリカはチャンスの国だった。もちろん、けっして足を踏み入れることのできないエリート階級や高級クラブの世界は存在する。しかし必死に働き、自分に割り当てられた仕事をこなせば、いい人生が送れると信じていたのだ。

やがて大恐慌がやって来た。父は、ハーバードやイェールやプリンストンに進学した上院議員、弁護士、社長の息子たちより成績はよかったものの、当時のアイビー・リーグは現代のように多様性に気を使う学校ではなかった。多額の寄付によってなりたつ紳士階級のクラブだったので、父は大学には行かなかった。

困難な時代には人々は娯楽を求めるということを、父はよく知っていた。若い時分にブルックリン・パラマウント座やＲＫＯでもぎりをやっていた経験から、ショーを流行らせるコツを習得していた。

父にはすぐれたユーモアのセンスがあって、一秒ごとに笑いを取れるくらいだった。逆に父の姉はどんどん気難しくなっていった。スターリンに恋いこがれ、狭いベッドの脇には、ハート形の額に入れたスターリンの写真を飾っていた。わたしの伯母にあたるわけだが、彼女がスターリンの口ひげを舐めたいと日記に書いていたのを、なぜか父は見てしまったらしい。

靴磨きのチップを貯めた金で、父はロサンゼルス行きの切符を買った。その切符でロスに降り立った日、父は夢やぶれたホームレスたちが集まる貧民街をとおりかかった。無声映画のスターと思しき姿を、ひとりふたり見かけたという。

父はさっそく、カリフォルニアでは有名な菓子メーカーのシーズで菓子を店に配達する仕事をはじめ、さらにマックスファクターで清掃を、フレデリックス・オブ・ハリウッドで下着の棚卸をした。父は頭の回転は速かったが、内省するタイプではなかった。だから誰かがうらやましくなったり、自分の人生を苦々しく思ったり、孤独を感じたりしたときは、脇目も振らずにもっと働いたのだ。

ある日のことだった。映画『コンチネンタル』の撮影中だったジンジャー・ロジャースの犬の散歩係にシーズのチョコレートを配達しに行き、父は、双子のペキニーズの足なみが乱れていることに気がついた。そこで父は、かわりに自分が歩かせてみようと申し出た。すると、ペキニーズたちはリズムよく歩くようになった。ジンジャーはその場で散歩係を解雇し、父を雇った。

あとは周知の事実だ。アステア&ロジャース黄金コンビのミュージカル映画はすべて、父が振付けをし、脚本を書き、演出したのだ。タイトルロールに並んでいるのは、たしかにヘルメス・パンやドナルド・オグデン・スチュアートといった名前だが、実のところ、『コンチネンタル』を企画し、踊っていたのは父だったのだ。どう見てもフレッド・アステアだったって? そう、父には変装の才もあったのである。父が欲しかったのは力であって、個人的な名声ではなかった。それでいつも偽名を使った。

父の睡眠時間は、毎日二時間だった。そして、フォックスとパラマウントとMGMの社長になった。シーズ、マックスファクター、ビバリー・ウィルシャー・ホテルでも匿名で社長を務めた。姉がスターリンの写真を飾ったちっぽけなベッドで寝ているあいだに、父はどんどん共産主義の敵になっていった。議会の非米活動委員会に姉の名前を売ったくらいだ。父にとってはミッキーマウスですら、十分に資本主義を実践しているとはいえなかったのだ。

父にすれば、年収二〇〇〇万ドル未満の人間は許しがたいなまけ者に見えた。父の夢は、アメリカ中の家庭にジョン・ウェインを送り込み、昼寝をしている輩をベッドからたたき出すことだった。父は、社会保険も福祉も社会保障もよく思っていなかった。父が信じたのは、なんびとも奪うことのできない個人の主体性だけだったのだ。

カルペ・ディエム（今を楽しめ）反怠惰運動は、父が亡くなる四年前にはじめた。この運動は、いまのままだと人生は不十分であると喧伝するメディアや印刷媒体、ビデオ広告などに資金を提供し、あなたはもっと金持ちになれる、もっとスマートになれる、もっと幸せになれる、もっと信心深くなれる……という潜在的なメッセージを送り続ける。ホーム・ネットワーク、ヘルス・ネットワーク、ゴッド・ネットワークをはじめ、自己啓発のプログラムを流すネットワークはすべて資金援助の対象だ。

父は亡くなったとき、財産のすべてを反怠惰キャンペーンに遺した。わたしが受け取った父の形見は、色弱くらいだ。父はやる気さえ見せれば、誰にでも何にでも投資した――わたし以外には。わたしは、すべてを自分ひとりでやらなければならなかった。

すべてを見送る

わたしは内省的な人間なので、父のやり方に対抗する方法をふたつは思いつく。

まず怒りをかき立てて、「目にもの見せてやる」とばかりにひたすら成功を追い求め、結局のところ父の域には達することができないと思い知る方法だ。

もうひとつは、すべてを見送ってしまうことである。競争から降りてしまうのだ。人生の後部座席に座り、「もうみんなわかった、おれは降りるよ」と言ってしまうのだ。

ふたつ目の方法を選んだ日が、わたしの人生の転機だった。いまでも昨日のことのようにおぼえている。あれは大学四年生のときだった。その頃のわたしは、父が正規の教育を受けなかった埋め合わせに、ハーバードとプリンストンとイェールで学位取得を目指していた。三つの大学すべてで成績優秀者のファイ・ベータ・カッパの会員となり、ハーバードではスカッシュの、プリンストンでは水泳の選手となり、イェールでは演劇クラブの会長を務めた。

春のある日、所属する秘密結社のスカル・アンド・ボーンズに向かおうとしているときに、友人がふと訊ねたのだ。ところできみ、男？　女？

正直にいうと、それまでわたしは功績を立てるのに忙しくて、自分が男か女か振り返る余裕がなかった。スポーツ競技では男子チームと女子チームの両方で出場していたし、ダンスでも、ニューヨークシティ・バレエの〈くるみ割り人形〉で、男性と女性両方の主演を務めていた。高校では男の子とも女の子ともデートしたし、当時も男女両方と深い仲にあった。父親にも母親にもなれるつもりでいたし、大統領になるときには素敵なファーストレディを横に、桂冠詩人の夫に導かれて就任式に臨むつもりだった。実際問題として、自分の性別について考えたことなどなかったのだ。

ジェンダーの問題は、学問的な業績をいまひとつ上げられない未熟な学生が取り組むものだと思っていた。わたしはそのとき、人生で生まれてはじめて立ち止まったのだ。ニューヘイヴン・グリーンのどまんなかに座り込み、泣き出してしまった。そのまま三カ月間、座り込んで泣き続けた。食べものは友人たちが運んできてくれた。

わたしは学校見学者たちの見世物になった。父はメイヨー・クリニックの医者をごっそり派遣し、さらにフォークリフトまで繰り出してわたしを立ちのかせようとしたけれども、わたしは動かなかった。わたしはうたいはじめた。「わたしたちはけっして／けっして動かされない／国境のかたわらにそびえる樹のように／けっして動かされない」

半年後、ナイス・ジューイッシュ・ボーイなる引っ越し業者がトラックでやってきた。わたしが動く気になったのは、ひとえにナイスなユダヤの青年が、母親のチキンスープをごちそうしてくれると言ったからだ。わたしはユダヤ人の母親というのを持ったことがなかったのだ。

わたしがフリードランダー夫人のもとに身を寄せたとき、父はわたしを勘当した。父の姿をわたしが最後に見かけたのは、テレビで父がチャーリー・ローズのインタビューを受け、わたしのことを「せがれはなまけ者だ」と言っていたときだ。伝説によると、父は死の床で「わたしを休ませないでくれ！　休ませないでくれ！」と叫んだそうだ。

怠惰は無上の喜び

イェール大学のキャンパスで神の啓示ともいえる転機を迎えて以来、わたしは怠惰をきわめることに人生を注いできた。怠惰を発見する前のわたしは、怒りっぽくていつも何かに急き立てられている、負けん気の強い若者だった。

いまは、すべてに無関心な忘却のなかにいることに満足している。とっちらかった無意識の領域へいたる道をわたしは見つけられたし、みなさんだって見つけられる。いまのわたしは幸せな人間であるだけでなく、見えないところで人が何をしているかも全然気にならない。怠惰はあらゆる規則に「いいえ、結構」と言うのだ。そしてそれこそ、あなたが自分自身にささげられる最大の贈りものなのだ

ではこのあたりで、怠惰の歴史を少しばかり見ておくことにしよう。もちろんわたしの

自分史を教わったからといって、わたしの言葉をうのみにしていただく必要はない。とはいえ、わたしの説はいかにも教養に富んで聞こえることだろう。何しろわたしは、ハーバードとプリンストンとイェールの卒業生なのだ。

3章 怠惰の歴史とナマケモノ

わたしが何の背景もなく怠惰哲学に到達したとは、どうか思わないでいただきたい。いつも寝そべってはいても、本は読める。

実のところわたしは、怠惰のみならず七つの大罪すべてについて、かなり広範に研究した。怠惰もまた、一時の流行で消え去る生活改善法のひとつ程度に思っている人々のために、ここで怠惰の歴史を簡単にひも解いてみよう。低脂肪ダイエットだのピラティスだのと違って、怠惰には一〇〇〇年以上の歴史があるのだ。

七つの大罪などというものを思いついたのが何者なのか、まず知りたい？その質問は、そもそも誤りだ。というのも、もともと大罪は八つで、まとめたのは四世紀ポントゥスのエヴァグリオスという神学者だった。

小アジア出身のエヴァグリオスはエヴァと呼ばれるのを好み、エジプトに移り住んで、聖書に書かれた精神的危機の研究に一生をささげた（誰かがやらねばならないとしたら、小アジア出身者が最適任だ）。ゴシップ好きの方々のためにつけ加えておくと、エヴァは一度、色ごとの誘惑に負けそうになり、小アジアを逃げ出したのも誘惑の相手から離れるためだったという。

あとの章で、怠惰哲学にどっぷりつかったわたしの暮らしをご紹介しよう。禁欲的な神学者であれ超のつく好き者であれ、誘惑を遠ざけることなどわけもなくなる。というのも、怠惰に染まれば体を動かすのも難しくて、誘惑になど乗っていられないからだ。

八つの大罪

エヴァグリオスが掲げた八つの大罪は、以下のとおり。

そして、この順番にも意味がある。あとに行くほど、罪の度合いが深くなるように並べてあるのだ。罪がどの程度罪深いかを定める基準は、どの程度自我に密着しているかによ

る。だから、外から取り込む暴食の罪は罪のなかでももっとも軽く、一方、実存する自我を必要以上に美化している高慢の罪はもっとも悪いと考えられた。

小休止をお許し願いたい。こういう精神的重労働には、慣れていないのだ。こんなしち面倒くさいことをしているのは、そもそも読者の便益のためだということをお忘れなきよう。わたしはとっくに、人生に見切りをつけているのだから。

六世紀には、教皇グレゴリウス一世が大罪を七つに整理した。グレゴリウスは「虚栄」と「怠惰」をなくした。このふたつが「高慢」と「悲嘆」によく似ていたからだ。教皇はこれに「嫉妬」を加え、七つの大罪を、高慢、嫉妬、憤怒、悲嘆、貪欲、暴食、色欲とした。まったくもって、こちらのほうがエヴァグリオスのリストよりもずっとわたしの友人たちにぴったりくる。だって、自分の知っている人を思い浮かべて、「あいつとはつき合っていられないよな、虚栄心が強くて」などと言うだろうか。

エヴァグリオスのリストとは反対に、教皇グレゴリウス一世は、罪の程度の重いものからリストをはじめている。彼の基準では、神への愛を妨げる度合いが強いほど、罪が深いことになる。

なまけ心は聖なるかな

わたしが教皇グレゴリウス様に強調したいのは、罪を犯すにはエネルギーがいる、という点だ。欲をかいてひと儲けしたいと思ったら早起きしなければいけないし、色欲や高慢を満足させるのだって同じだろう。ぬくぬくと安全なベッドにずっとおさまっていたら、わたしたちはみんな聖人っぽくなるのではないか。

中世の時代に、すばらしい教会堂や聖堂があちこちに建設されたのは事実だ。だが同時に、大勢で集まってせっせと神様にお世辞を言うような風潮は、結局のところ退廃し、一六世紀の宗教改革で覆されてしまう。

教皇グレゴリウス一世が六世紀に手を入れたあと、罪のリストは二度、大きく改変された。聖トマス・アクィナスは、罪のなかには、ほかよりも余計に罪深い罪がある、という考え方を廃した。エヴァグリオスやグレゴリウス一世と違って、聖トマス・アクィナスは、大罪はすべて等しく、民草を地獄へと導く可能性があると信じた。

正直なところわたしには、落ち込んで自分の家に引きこもっていることと、隣人の奥方と寝ること（実のところ怠惰専業になるまでは、結構そういうこともしていたのだ）とが同じくらい罪深いとは、どうも思えないのだが。

アクィナスにとって悲嘆は、精神的な部分が罪であり、肉体的なものではなかった。アクィナスの街でいちばんなまけ者だった女の子は、神を崇めたり、神の名のもとに行われるべき善行をしたりする気力のない子のことだったわけだ。いずれにせよ「悲嘆」というのが罪としていささか曖昧すぎるという不平不満があいつぎ、一七世紀には「怠惰」が「悲嘆」にかわって罪のリストにつけ加えられた。

悲嘆の効用

八〇〇年にわたるキリスト教信仰の末に、「悲嘆」は「怠惰」に進化するのである。興味深いのは、激しい感情が罪と見なされていたことだ。

トマス・アクィナスは、修道士たちが通常午後の四時頃に、この「悲嘆」の感情に見舞われることに注目した。いやしくも内科医ならば、パンと蜂蜜だけで生きている修道士が、午後四時ともなれば激しい低血糖におちいりそうなことくらいすぐわかるだろう。現代の精神科医はけっして、悲嘆が罪だなどとは言わない。悲しみは、プロザックをはじめとする手頃な価格の抗うつ剤をインターネットで購入する理由になるのだから。

横になるナマケモノ

では、怠惰の名の由来となった実在の生きもの、ナマケモノについて考えてみよう。ぐうたらの罪に、「ブタ」だの「デブネコ」だのといった名前をあてなかったわけがわかる。

ナマケモノに十分な餌を与えると、胃の中身が全体重の三分の二を占めるまでになるというから、ナマケモノが飲み下せる食物の量はたいしたものだ。ラクダのこぶだって、体重の三分の二までにはなるまい。それでいながら、ナマケモノが食べるのは草だけだ。非常に偏食で、たいして興味をそそられる食事内容とはいえない。草ではさしたるエネルギーにならないし、だからナマケモノはほとんどエネルギーを使わない。普段は特別に進化した長いかぎ爪で枝にぶら下がり、そのままの姿勢で食べたり寝たり、子どもを産んだりする。まるまる一週間も、縦の姿勢にならずに過ごすことができるのだ。わたしもまねをしてみたが、横になったままでいられたのは五日が限度だった。

不活動

ナマケモノは自己防衛の手段がない。攻撃的な生きものではないのだ。木々のあいだに溶け込んで幸せに暮らしており、地面に降りることもめったにない。誤って落っこちた赤ちゃんナマケモノを、母親に拾いに行かせるのだって難儀だ。それで赤ちゃんが死んでしまったとしても、母親は身を起こすよりいいと思っているのだ。不活動でいることがナマケモノという動物の最優先事項なのだ。

かつてわたしは、ベネディクトゥム・ベネディクスなる修道士が書いた文章を発見した。ちなみに彼の妹の奥さんのいとこは、昔トマス・アクィナスに会ったことがあるという。ベネディクトゥム・ベネディクスが書いたのは、「働き者のビーバーとナマケモノ」という寓話である。ここに紹介しよう。

「働き者のビーバーとナマケモノ」

昔むかし、シャルトルに働き者のビーバーが住んでいました。ビーバーは毎日、「どうしたらもっと信心深いビーバーになれるだろう」と考えていました。ビーバーは毎日、神様のためにダムをつくりました。神様に少しでも近づきたくて、毎日大聖堂の祭壇に向かって、穴を掘りました。休むことなく、働きました。

大聖堂のかたわらの木には、ナマケモノが住んでいました。このナマケモノは、一度も動いたことがありませんでした。毎日何千人という巡礼者の訪れる聖堂のそばで、ナマケモノは木の葉をしゃぶって過ごしていました。

ビーバーは毎日、ナマケモノのそばにやって来ては、「きみを見ているとぼくは動きたくなる。ものをつくりたくなる。神様を称えたくなる。きみを見ていると、働き続けるエネルギーがわいてくるよ」と言いました。

ビーバーは掘って掘って掘り続け、とうとうシャルトル大聖堂にたどり着きました。大聖堂に現れたビーバーを女子修道院長様が見つけて悲鳴をあげ、ビーバーはその場で取り押さえられました。見習い修道士が紙袋にビーバーを入れて捨てに行くのを木から見ていたナマケモノが言いました。

「それは聖なるビーバーですよ。捨てたりしたらいけません」

見習いはナマケモノを鼻であしらいます。

「おまえに神聖などわかるわけがない。葉っぱでもしゃぶっていろ！」

ビーバーは、神様にささげようと自分がせき止めた水たまりに沈められてしまいます。水の中でビーバーは思いました。

「ああ、ぼくはもっとナマケモノのまねをしていればよかった。生きる鍵をにぎっているのは、神様じゃなくてナマケモノだったんだ」

トマス・アクィナスは、妹の奥さんのいとこの寓話を一目見るなり燃やしてしまったが、シャルトルのみやげもの屋に写本が一部残っていた。そうしてわたしがこの寓話に出会ったというわけだ。

研究者たちに見せたところ、彼らはみんな馬鹿にして、写本も作者もわたしがでっちあげたのだろうと言った。だがわたしは言ってやった。わたしはなまけ者だから、こんなものわざわざでっちあげはしないと。だからこれは本物だ。

要点は何か

ベネディクトゥム・ベネディクスの寓話が意味するところは明らかだ。善人に──善きビーバーくんに──災難が降りかかることもある。どれだけのことをなしたとしても、あなたがどんなに働き者のビーバーであっても、災難を避けることはできない。ビーバーは神に近づくことに生涯をささげたのに、その神のしもべに退治されてしまった。一方のナマケモノは、ビーバーの弁護をしてやったことが生涯最大の活動だったが、そのあとは幸せに暮らした。

トマス・アクィナスがこの寓話をなきものにしなければと感じた理由は、おわかりだろう。トマス・アクィナスが考えるところの神聖さと、まったくの対極を行くものだったのだ。

さあ、あなたもご一緒に！

一九世紀に入ると、怠惰は神の前で罪となるだけでなく、資本主義や産業革命の前でも罪となった。こう考えてみよう。産業革命は、産業に身をささげる勤勉な働き手を必要とした。発明の時代には、発明したがる人材を必要とする。機械の登場によって仕事量は減るというふれこみだったが、実際にはもっとたくさん仕事をすることが可能になったのだ。

イングランドからマサチューセッツのプリマス・ロックに上陸したとき、移住者たちは宗教の自由が保障され、怠惰からも自由な新しい国を見つけなければならなかった。アメリカの根幹をなす権利は、生きる権利、自由の権利、そして幸福を追求する権利だ。進取の気性と創造性を必要とするものなら、なんでも追い求める権利だ。新しい世界アメリカでは、祖先から受け継いだ財産や階級は、成功には必ずしも必要でなく、古きよき堅忍不抜の精神こそがはるかに重要なはずであった。

アメリカ社会は、誠実なるピューリタニズムの精神から発展したのだ。それがいま、あらたな千年紀の幕開けにあって、アメリカでは世界でも最速の勢いで怠惰の運動が広まっている。この本を読んだあなたも、この運動に加わる気になっていただけたら幸いだ。

このあとはダイエットやエクササイズ、仕事、あるいは性生活にまで、いかにして怠惰を取り入れるかを詳しくご説明しよう。ピューリタンやトマス・アクィナスの教えから、そろそろ一歩踏み出してもいい頃合いだ。なんといっても、二一世紀なのだから。わたしたちひとりひとりが、怠惰のなかに個人の至福を見つけてもいいのではないだろうか。

3章　怠惰の歴史とナマケモノ

4章 怠惰は地球を救う

怠惰を実行すれば、きっとうまくいく。

怠惰をとおして見れば、自分の体や生き方を見る目も変わってくる。

怠惰になれば大食いすることもなくなる。いつだって、食べようと思えば食べられるからだ。何かが欲しくてたまらない気持を抑えるのも難しくない。欲しがるには努力が必要だからだ。

怠惰でありながら同時に高慢で、色欲まんまんということなどあり得ない。高慢になるには野心がいるが、怠惰にはまれば、野心など過去のものになるからだ。自分は終わりのない休暇を楽しんでいるんだと思おう。

三つの類型

怠惰によって救われるであろう人を、三つの類型に分けてみた。

第一のタイプ……「しょっちゅう休んでいるのに、いつも疲れている」

そうこぼす人に出会ったことはないだろうか。賭けてもいい、こういう人はけっして休んでいない。横になっても、いつも「エクササイズしなくちゃ、読書しなくちゃ、おとなりさんと情事をしなくちゃ、もっと稼がなくちゃ、ドラッグをやめなさいって子どもに言わなくちゃ」などとつい考えてしまう。

こういう慢性疲労状態にある人には、怠惰はうってつけである。怠惰を生活に取り入れることによって、はじめて心の底から休むことができるようになる。

第二のタイプ……「わたしは休む必要なんてないの、人生の真っ盛りだから」

そんな手合い。まったくのたわごとだ。人生の真っ盛りに、安穏としていられる人間などいやしない。病気になるかもしれない、とおり魔に遭うかもしれない、天災に遭うかもしれない、ファシズムが暗躍しているかもしれない。それでなくとも、世界は貧困と飢餓に苦しんでいるのだ。人生を真摯に見つめたら、とうてい「真っ盛り」なんて思えないだろう。愛ですら色あせる。怠惰を身につければ、人生の真実に責任ある態度が取れるというものだ。

第三のタイプ……「どうしてもやらなくちゃいけないことがあるんだ」

そういった輩。これはわたしのお気に入りだ。

どうしても、とはどんなこと？

エッフェル塔を見る？　旅行番組を見たまえ。

ブリトニー・スピアーズと一発やる？　自分の家でのうのうとしながらビデオでブリトニーを見るだけでも、同じ満足が得られるだろう。

亡くなる前に一目母親に会っておく？　それまでずっと疎遠だったなら、いまさら会いに行ったところで埋め合わせにはなるまい。

会社で取締役にならなきゃならないんだ、と思い込んでいるきみ。そんな地位についたら不正利得を得ようとか、所得税をごまかそうとかいう誘惑に負けそうになるに決まってる。エンロンの諸氏を見たまえ。連中も怠惰をおぼえれば助かっていただろうに。

次にあなたが聞きたいことは先刻承知。あなたもそろそろものの見方が怠惰流になりつつあり、「そうそう、そのとおり。だけどどうしたら怠惰になれるんだろう。どこから手をつけたらいいんだろう。きっと難しいんだろうなあ」と思いはじめていることだろう。ご心配なく。

怠惰は楽チン

怠惰行動食について講義をはじめる前に、少しばかり科学的事実に触れておこう。

嗜眠の重要性を理解する

「嗜眠」というのは、エネルギーや動力を排除していく過程を表す科学的な言葉で、この状態が怠惰にいたる第一の重要なステップである。「嗜眠」は、野心を肥やすのではなく燃やしてしまうことによって、過剰なエネルギーで夢を貯め込むサイクルを打開する。

医師ではない人のために、「嗜眠」についてもう少しわかりやすく説明しよう。わたしたちは日常的な活動のなかでちょっぴり夢や希望を見つけ、それを糧に生きている。それがあるから次の朝、目を覚まして起き上がることができるのだ。

たとえば、何かしら新しいことを経験したり学んだりすると、わたしたちはそれをもっと試したくなるし、もっと学びたくなる。子ども向けテレビ番組というのは、この原理を利用して巧みにつくられている。人間的な側面からみると、たとえば誰か魅力的な人に出会ったら、またその人に会いたいと思うだろう。わたしたちの職場で起こる出来事でも、子どもの発達という物語でも、それを前に進めていくのはわたしたちの興味や関心を持つ気持ちなのだ。

好奇心と希望というささやかな人参をエサに生きるわれわれは、もっと大きな夢だの目標だのといったつかみどころのないものについて、くよくよ思い悩んだりしない。職場で、自分の出世コースがゴールに行き着くのかどうか考えるより、となりのデスクで仕事をしている同僚のことを考えるほうがたやすいのと同じことだ。

では、わたしたちがあらゆる行動から手を引いたらどうなるのか。日常の暮らしで得られるささやかな夢、毎日見すえるすぐそこのゴールはなくなる。するとどうだろう、わたしたちの想像力は飛躍して、もっと大きなことを考えずにはいられなくなる。それが「嗜眠」の状態だ。二〜三週間ばかり壮大な夢に没頭していると、想像力は無我の境地に行き着き、野望はなくなる。これで「嗜眠」は完成だ。なぜなら、大きな夢にしろささやかな希望にしろ、もう起き上がる理由はこれっぽっちもなくなっているからだ。「嗜眠」の状態から、真に完璧な怠惰の状態へと移っていくのだ。

嗜眠と安定

ここで注意しておかなくてはならない。嗜眠と瞑想を混同しないように。瞑想というのは活動であり、力ずくで到達した安定状態だ。嗜眠は安定状態ではなく、何もない状態なのである。

瞑想に入るには、ばかばかしいくり返しを経なければならないから、整然と順序立てて自己催眠状態へと入っていける精神が必要だ。怠惰は、どこを取っても整然とはほど遠い。実際、反整然といってもいいくらいだ。嗜眠とは自己催眠状態ではなく、熱やエネルギーがすっかり奪われた不活性状態なのである。

怠惰にまつわる十の嘘

怠惰による人生設計に入る前に、読者の方々の疑念に答えておきたい。疑問を感じている方がいるのは承知しているし、どういう疑問があるかひとつひとつ挙げてみてもいいのだが、いかんせん反論する気力がない。そこで、怠惰に関して挙げられる嘘の主なもの十個を掲げておこう。

一．**怠惰は危険であり、さまざまな医学的問題を引き起こす**

二．**怠惰になると体重が増える**（よろしいかな、食べるということにだってエネルギーが費やされる。怠惰な者はエネルギーを消費するのをよしとしない）

三．**怠惰な生活はバランスが悪く、人間関係もうまくいかない**

四．**怠惰な生活をすると疲れて弱くなり、血圧が上がる**

五．**怠惰は資本主義反対勢力の陰謀である**

六．**人は直立歩行するようにできているのであって、寝そべって生活するようになっていない**

七．**嗜眠は息が臭くなる**（それは、犬の場合だけ）

八．**怠惰は便秘になる**

九．**怠惰は精神が衰弱する**

十．**怠惰は民主主義と文明の終焉を招く**

これらの嘘に対しては、怠惰で戦争に行った者はいない、とだけ言っておこう。怠惰の名のもとに殺された者はいない。それに、怠惰は宗教を掲げて十字軍に出かけたりもしない。テロを行うには、計画や決断や悪だくみが必要だ。仮に怠惰の原理主義なるものがあるとすれば、その原理とは休むことだ。憎悪にもエネルギーがいる。オゾン層を破壊するには、勤勉さが必要だ。つまり、怠惰は地球を救うのだ。

次章以降は、今日から怠惰をはじめる具体的計画をお伝えしよう――それは生涯続けられる。

5章 怠惰生活始動

整理

怠惰計画が成功するかどうかは、準備いかんにかかっている。家庭生活や仕事、それまでに試してみた健康法を、みんな整理しなければならない。難しく聞こえるかもしれないが、お手伝いして差し上げよう。

家庭生活

あらゆる関係を断ち切ること。

読者の多くが妻子や夫子のある家庭人だろうし、「だってジョニーを学校に迎えに行かなきゃ」「シンディのサッカーの試合を見に行く約束をしているんだ」「ジョーの夕食をつくってあげなきゃいけないの」「セルマの夜のお相手を務めないと、出て行かれちゃう」などなど、さまざま言い分はおありだろう。

わたしの答えは、愛する人たちはみんな巻き込んでしまいなさいということだ。これからしようとしていることで、あなたがもっと幸せになり、健康で長生きできるようになると話すといい。もしも家族がほんとうにあなたを愛しているのなら、あなたのそばにいたいと願い、あらたな試みに挑戦するあなたを応援しようとするだろう。

反対に、もしも家族があなたの収入や家事やセックスだけを必要としているのなら、そんな人間と手を切ったところで何の後悔もないはずだ。子どもたちには親離れすることを教えたほうがいいのでは？　いつまでも依存させておくのは、やめたらどうだろう。一家にひとり怠惰がいると、家族みんながこの革命的な生活スタイルを実践しようという気になりやすい。

ひとつ例を挙げよう。『サウンド・オブ・ミュージック』で有名になったフォン・トラップ一家では、ひとりが歌をうたいはじめると、家族みんなが唱和せずにはいられなかった。もちろん、歌をうたいはじめるようになってからナチスに占領されたオーストリアを逃げ出すようになるまでのトラップ・ファミリーは、それはそれは怠惰の反対だった。しかし問題は、アルプスを越えて、最後にヴァーモント州で安住の地を見つけたあとである。もう羽を伸ばして休めばいいのに、なぜまた宿屋なぞはじめてしまったのだろうか。

同様に、ひとり怠惰のインスピレーションを得たものが家族のなかにいれば、家族全体があらゆる構造から脱し、むなしい健康法などを捨て去るように導くことができる、という話である。一緒に怠惰にふける家族は、一致団結するのだ。

仕事

仕事を整理するのは、少々手ごわい。ノートパソコンがあれば、怠惰でいながら家計をまかなうことは可能だ。世のなかにはサイバー怠惰が増殖中で、サイバー怠惰用の道具も出てきている。たとえばわたしの手元にある最新カタログには、音声入力のソフトも載っている。これがあれば、キーボードをたたく必要もない。また、洗濯しなくても自動できれいになるセルフクリーニング機能つきパジャマだとか、テーブルで自動調理される食品なんていうものもお目見えしている。

もっとも大事なのは、真の怠惰になる前に、約束をすべてキャンセルしなければならないということだ。向こうからあなたのほうにやってくるのはかまわない——儀式にでも引っぱり出そうというのでない限り。また、締切りのある仕事はいけない。とうてい守れるはずがないからだ。

完全な嗜眠の状態に入って、社会によって植えつけられた「働かねばならない」という衝動を捨て去るために、二週間、強いてまったく何もしない期間が必要だ。嗜眠の状態から出たあとは、創造的な気分になっているなら、何かしら生産的なことをしてもかまわない。しかし、あくまでも自分自身の欲求である場合だけで、外からの期待に応えるのは禁物だ。

それはそれとして、怠惰生活を支える投資の状況がどうなっているか、時折インターネットで調べてみるのはかまわない。また怠惰生活のコンサルタント料は、わたしのホームページ（www.sloth.***.com）で支払い可能なので、どうかお忘れなく。

健康法

医者の言うことを真に受けてはいけない。医者というのは、はったり屋だ。エクササイズをしなさいと言うかもしれない。血圧が高いですよと言うかもしれない。脂肪を摂りすぎないように、タンパク質を、炭水化物を、糖分を、アルコールを、たばこを控えなさいと言うかもしれない。医者たるものはひとり残らず製薬会社のまわし者だ。天然成分を使った薬品の会社かもしれないし、東洋医学の会社かもしれないし、欧米企業かもしれないが、いずれにせよ、みんな手先になって恩恵にあずかっているのだ。

医者は怠惰をなくしたい。そうしないと、治療を受けに来ないからだ。患者との依存関係をつくるのも、医者の利益にかなっている。バイアグラを売り込むメールを受け取ったことはないだろうか？　こうしたメールは、すべて医療関係の団体から送られてくるのだ。もし怠惰生活をはじめるのなら、そういうメールは、今日この場で全部削除してかまわない。うつ病を発明したのは全米医学協会だ。重い抑うつ症状の治療にショック療法を使うのをやめることにしたのは、プロザックだのゾロフトだのといった新薬で、さらなる患者をつれることがわかったからだ。

医者はまた、スポーツクラブやホテルやクルーズ船業者のまわし者でもある。医者の言うことを聞いてそういった産業の製品を買えば、生活がよくなるのだと思わせている国際的な陰謀に加担しているのだ。

怠惰は、医療専門家を生活からしめ出すことができる。降圧剤も抗うつ剤もホルモン剤も抗生物質も胃薬も抗ヒスタミン剤も性欲亢進剤も興奮剤も鎮静剤も、みんな投げ捨ててしまおう。怠惰になれば、そんな薬は何ひとつ必要ない。

穴を掘る

さまざまなしがらみに整理がついたら、次に大事なのは巣をこしらえることだ。室内に心地のいいソファを備えること。屋外にはハンモックだ。わたしは羽毛枕が好きだが、素材は各自お好みのものを使えばよろしい。涼しい気候の土地に住んでいるなら、厚めの羽根布団や保温性の高い裏地つきの寝具がいいだろう。

主要な道具立て

ソファから手の届くところに低めのサイドテーブルをセットして、食べものやそのほかの必需品を置くといい。わたしのおすすめは、保存のきく容器に入ったオレオのトリプル・クリーム、チーズ、ヴィネガー味のポテトチップ、干しアンズ、レーズン、タンパク質補給用のカシューナッツだ。

アルコールは、いくらでも好きなだけ飲んでいい。ただし、水分を摂りすぎると何度もトイレに立たなければならないのでご用心。怠惰人間にとっては、トイレに行くだけでも重労働だ。一日コップに八杯は水を飲まなければいけない、なんて言っているのは医者なんだから、摂取する水分の量など気にすることはない。

わたしなら、ベッドに雑誌を山と積み上げておく。しかし、最新ニュースに夢中にならないようご注意を。文章よりも、絵や写真がよろしい。たとえばわたしは、ジョニー・デップやブラッド・ピットのプライベートな写真の数々に、とても心をなぐさめられた。

巣の近くに、壁かけ型のプラズマテレビをすえている怠惰もいる。テレビはつけたらすぐにアニメチャンネルやMTV、スターチャンネルなどにいけるようにしておくといいだろう。告白すると、わたしはチャーリー・ローズの大ファンなのだ。ただし、大ファンといっても何もしない。ファンレターも書かないし、おっかけもしない。それは怠惰に反するからだ。また、チャーリーがわたしを活動的な気分にさせそうな人にインタビューするときは、消音モードにしてしまう。

必要量をはかる

最後に必要量をはかろう。活動量が激減すると、生きるために必要な食料も驚くほど少量でいい。細心の注意を払って、サイドテーブルにお気に入りの品々を用意したとしても、そのうちオレオのトリプル・クリームにも飽きてくるだろう。ほんとうだ。必要量をはかるか、誰かにはかってもらうともっといいが、そうしておけば自分が正しい方向に進んでいるのがわかるだろう。

では、用意はいいかな。位置について……用意……怠惰！

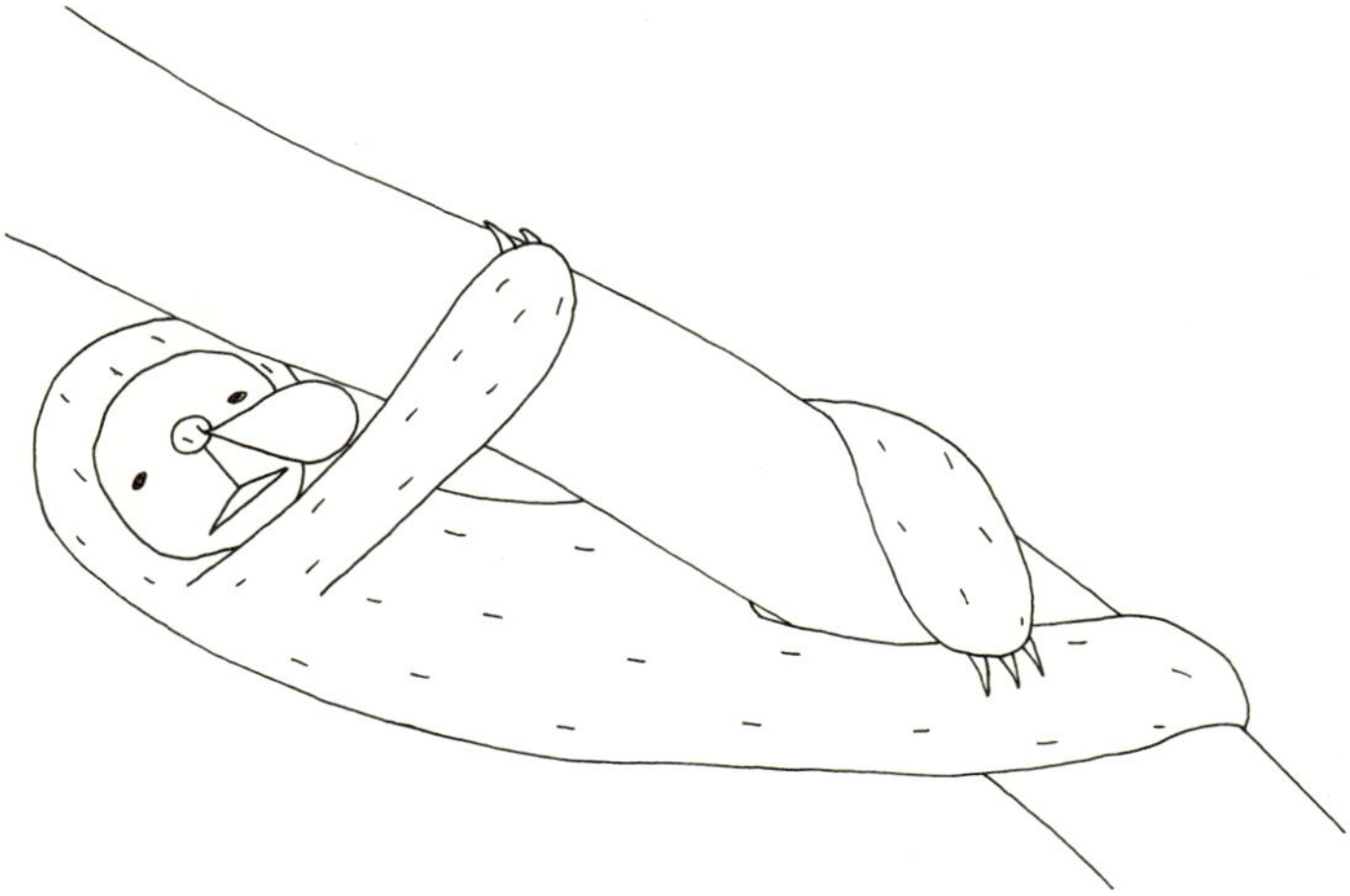

6章 怠惰の心得

入信期間

これで怠惰生活をはじめる準備は整った。はじめの二週間は、怠惰の規則をひとつ残らずきちんと順守するよう、特に気をつけなければならない。でないと、嗜眠がはじまらないのだ。

ずるはいけない。ずるをしたら、わたしがじきじきにお宅に乗り込んで注意を与えるが、わたしが起き上がるのをどれほど苦にしているか、もうおわかりいただいているだろう。怠惰生活は必ずうまくいくが、それもあなたが約束をちゃんと守ってくれたらの話だ。生活のすべてを怠惰にすることができるが、次のルールだけは守っていただきたい。

怠惰の心得十カ条

一．掃除するなかれ

二．風呂に入るなかれ

三．あるがままの自分を愛せよ

四．競争をやめよ

五．食べものを大事と考えるなかれ

六．死後の世界はなきものと考えよ

七．善人になるなかれ、あるいは悪人にも

八．自分の意志で怠惰たれ

九．セックスはパートナーに任せよ

十．急を要することは何もないと心得よ

一．掃除するなかれ

幼稚園で、遊んだおもちゃはかたづけなさい、と教わったかもしれない。この際、そのお約束は忘れてしまおう。かたづけるというのは、二重の労働になる。なぜなら次に入用になったとき、また出さなければならないからだ。

何でも手の届くところに出ていれば、人生はずっと楽になる。ちらかっているのは豊かなこと、楽しいことと考えられるようになろう。ごみ箱なんていらない。お菓子の包み紙のあるべき場所は、床の上なのだ。

二．風呂に入るなかれ

わたしたちは、環境汚染の進む社会に生きている。それというのも、みんなが清潔病に取りつかれているからだ。毎日シャワーを浴びる必要なんてまったくない。熱帯雨林を破壊し、お肌に不可欠な水分や油分をこそげ落とすだけだ。実際に毎日シャンプーすると、体毛、肌の艶、色合いが失われることが証明されている。

入浴は、カビが生えたとかタムシができたとか、何かそういった愉快でないものにたかられそうなときだけにするといい。カビにもタムシにも他意はないが、そうなると医者に診てもらわなければいけなくなる可能性がある。医者についてわたしがどう思っているかは、読者諸君は先刻ご承知であろう。

三．あるがままの自分を愛せよ

くれぐれもご忠告するが、もしも二〇キロ体重が減ったとしても、いまよりすぐれた人間になれるわけではないし、幸せになれるわけでもない。フランス語が話せるようになったって、『ユリシーズ』を読んだって同じだ。わたしは怠惰を発見する前に『ユリシーズ』と『フィネガンズ・ウェイク』を読んだが、読む前と変わらずみじめだった。また、フランスで生まれ育った人なみにフランス語を話せるようになる人などいないし、フランス人はひとり残らず、飽きもせずにそのことを念押ししてくれるだろう。

減量というものは、終わりのないシーソーのようなもので、体重が減れば必ずリバウンドがある。ジェニー・クレイグのような減量の神様は、あなたが巨額の入会金を払いさえすれば、痩せようが太ろうが意に介さないものだ。それに、死亡記事で体重や血圧の数値を宣伝する人などひとりもいない。

四　競争をやめよ

やる気というのは、競争によってわいてくるものだ。言いかえると、わたしたちがたいしておもしろくもない仕事に一生懸命になるのは、ひとえに、となりのやつの上を行きたいと願って……という場合が多いのではないだろうか。

となりのやつなど気にしない。妹が一億ドル稼ぐやつと結婚したって気にしない。親友が自分より三〇歳は若く見えても気にしない。よその家の子はみんな大学に行っていて、自分の息子がタイヤホイールを盗んでいても気にしない。

富はほんのひとにぎりの人間の手元にあり、あなたのところへ来ることはまずない。報酬などろくすっぽ手に入らないなら、わざわざ競争する必要がどこにあろうか。

もちろん、オプラ・ウィンフリーのように自分だけの力で途方もない成功を手に入れる人間もいるが、彼女がほんとうに人間かどうか、確信を持てる者がいるだろうか。人生において、彼女が一瞬でも怠惰の幸福を味わったことはあるのだろうか。わたしは個人的にはないと踏んでいる。

できるときには、みずからスイッチを切りたまえ。もしもオプラがスイッチを切らねばならなくなったら——つまりショーをやれなくなるとか、ダイエットをやめるとか、スケジュールを入れないとか、アシスタントを手放すといったことになったら——きっとどうしていいかわからなくなるだろう。

からっぽになった自分を発見する。しかし、ジェット機二機で世界貿易センタービルを破壊できてしまう世のなかでは、自分のなかにある空虚を見つめることこそが、生き残る唯一の道なのではないだろうか。

五．食べものを大事と考えるなかれ

先ほどわたしは、手近なところにオレオのクッキーや干しアンズやナッツを置いておくようにと述べた。しかしそれは将来の話であって、最初の二週間は何をどれだけ食べようが、あるいは食べまいがかまわない。何でも好きなだけ食べたまえ。

スージー・オーバックは『フェミニズムの脂肪論』で、家中にいちばん食べたいもの

（アイスクリーム、トルコのキャンディー、チョコチップクッキー、高脂肪チーズ……）をどっさり集め、その食べものを非神話化するようすすめている。要するに、自分がひそかにどんな食べものを切望しているか、直視させようというのだ。

わたしは、個人的にはフェミニズムの信奉者でもダイエット論者でもない。ただ制限がなくなれば、そのうちに必ず飽きるときが来て、その食べものを求める気持ちがやむだろうと考えているのである。チョコクッキーキャラメルソースがけパフェでもピザでも、いつだって食べられるとなれば食欲も失せてくるだろう。

六．死後の世界はなきものと考えよ

たいていの宗教では、死後の豊かな生活を保障してもらうことが、現世でいい行いをする目的となっている。しかしわたしは事実として知ってしまったのだが、実は死後の世界などというものはないのである。天国へ続く輝ける門もないし、天国もなく、当然神もいない。フランク・キャプラの『素晴らしき哉、人生！』に出てくるような天使だって存在しない。

それを知って、わたしはほんとうに泣けた。だがうれしいのは、地獄もないことだ。三叉を持った地獄の鬼もいなければ、永遠に鼻をつく地獄の業火もなく、悪魔と魂を取引する必要もない。それどころか、わたしの好きなミュージカル『くたばれ！ヤンキース』に登場するダフ屋のように、ワールド・シリーズのチケット代を引き上げる邪な輩もいないのだ。だから現世でどんな生き方をしようが関係ない。来世のために頑張る努力は、いますぐにやめよう。

七．善人になるなかれ、あるいは悪人にも

幼稚園で教わるたわごとがもうひとつ。「よい子になりましょう」だ。さらに、「悪い子は罰を受けます」というのもある。

怠惰を受け入れるということは、来世においても、現世においてさえも、何の処罰も存在しない世界を受け入れるということだ。因果は巡らない。もし何か素敵なものを拾って、遺失物センターが近くになかったら、怠惰なきみはわざわざ届け出る必要などない。しかし、落としものを届けるほうがずっと楽ならばそうしてかまわない。ちょっとした善

行で得られる報酬はわずかだ。

八．自分の意志で怠惰たれ

ロックの社会契約論によると、怠惰人間はみずからの怠惰性に責任を持つ必要がある。ほかの人があなたのために怠惰をしてくれると、あてにすることはできない。もし相手が裏切って、あなたのかわりに仕事をしてしまったらどうする？　権利には責任がともなうのだ。

あなたが怠惰として成功するかどうかは、あなたひとりだけに責任がある。怠惰ぶりを取りしまる警察はない。取りしまるというのは怠惰と相容れないからだ。

九．セックスはパートナーに任せよ

よく、入信期間の二週間のあいだ、セックスしていいかどうか質問される。セックスは嗜眠の妨げになる。興奮しまいとしても、興奮してしまうからだ。

セックスには、人を驚かせるといういやらしい性質がある。しかし、入信期間がすぎたらセックスに専念したまえ――パートナーにすべて任せっきりというセックスに。パートナーの性的欲求を満足させるよう努力しなければ……とかいうごたくは、すべて忘れたまえ。パートナーこそ、あなたを満足させなければならないのだ。そんなことははじめてかもしれないが、ただ寝っ転がってなすがままになっていること。特に女性のクライアントにとっては、この考え方は革命的なようだ。

こういう変化を試みて何か家庭争議が起こりそうだったら、わたしが家庭訪問しよう。またわたしの性的サービスをお望みなら、メールであなたの写真を添付するのをお忘れなきよう。

十．急を要することは何もないと心得よ

何もないといったら何もない。最初の二週間、起き上がらなければいけないような出来事は何ひとつない、ということをくれぐれも心にとめておいてほしい。緊急事態であってもだ。

あなたが何もしなければ、誰かが必ず手を差し伸べてくれる。家が火事になったら、隣

人が消す努力をするだろう。そうしなければ、彼らの家も燃えてしまうからだ。

少しのあいだ時間を取って、起こりそうな最悪の事態を思い描いてほしい。では、それがすでに起こってしまったと想像してみよう。止めることはできるだろうか。宇宙の壮大なる計画の前には、われわれは無力なアリに等しい。

いずれにせよ大変な事態が起こったら、わたしたちが何かしてもたいした違いはない。神は死んだ。わたしがそう言っても信じられないなら、ニーチェを読みたまえ。ただし、嗜眠のあいだは読まないこと。


さあ横になって。怠惰はもうはじまっている。くれぐれも、一日にコップ一杯よりたくさんの水を飲まないように。

7章 ※よくあるお問い合わせ

さて、二週間の嗜眠期間の最中には、必ずといっていいほど疑問がわいてくるに違いない。なぜなら、質問を発することさえも多くのエネルギーを必要とすることに気づくほど、十分な怠惰の状態にはまだいたっていないからだ。よろこんでＦＡＱ（よくあるお問い合わせ）にお答えしよう。

1. 縦になってもいいですか？

ノー。少なくとも嗜眠のあいだはだめだ。そのあとは、少しずつ縦の動きも取り入れていくといい。最終的には、何であれ好きなことをやっていい。しかしこの特別に大切な二週間のうちは、あらゆる活動を打ち砕かなくてはならない。わたしたちは社会に入った時点から、活動することを基本とした戦略を刷り込まれた犠牲者なのだ。嗜眠の期間は、そうした戦略の偽りを体のなかから一掃するための時間だ。

2. 読書してもいいですか？

わたしならまず、この本をくり返し読む。この本を、目と目のあいだにつける護符とするといい。読んでいるうちに眠くなる本もおすすめだ。たとえば子ども向けの名作『おやすみなさいおつきさま』『ぱたぱたバニー』『おやすみなさい』『エルモ』『おおきいあかいクリフォード』などがいいだろう。どうしても大人向けの小説を読みたいのなら、トマス・ピンチョンの『重力の虹』、ミルトンの『失楽園』とその続編『復楽園』もいい。サミュエル・ベケットの戯曲も非常に安らかに眠れるが、なかでも登場人物がゴミバケツで暮らしている「エンドゲーム」はうってつけだ。ちょっとひと眠りしたくなったときは、オックスフォード英語辞典完全版も都合がいい。

怠惰の歌集（詳しくはホームページを）には、ソファで読んだりうたったりできる短い歌が満載されている。個人的なお気に入りは、ジョージ・ガーシュウィンの《アイム・バイディング・マイ・タイム（チャンスを待つ）》だ。ほかにには、「壁の花を数えてる／ぼくはそれで満足／たばこをふかしてキャプテン・カンガルーを見て／ねえ、言わないでよ／何もすることがないのかい、なんて」という詩も気に入っている。

3. 何を着ればいいのですか？

身体にぴったりしていない服がいいだろう。わたしの定番は、水色のパジャマだ。クライアントのなかには、ローブ愛用者やTシャツとスウェットパンツ愛用者などがいる。何にしろ、体の線が出ないもの、しめつけないものがいい。かぶりものならボタンやファスナーをする手間が省ける。

4. 電話に出たほうがいいでしょうか？

嗜眠に入る準備を手ぬかりなく整えておけば、この期間、頻繁に電話がかかってくるということはない。しかし万一電話がかかってきたとしても、出てはいけない。なんなら横になる前に電話線を引っこ抜いてしまえばいい。嗜眠期間を無事終了したら、寝そべりながら好きなだけ電話で話してかまわない。もちろん、気苦労の多くない会話に限ってだ。つまり、舅や姑、自己中な母親との電話はＮＧだ。

5. 退屈しないでしょうか？

はじめのうちは退屈するかもしれないが、そのうちに、退屈こそすばらしいと思えるようになる。発達の旺盛な二歳児ですら、四六時中刺激を受けていなくていいのだ。ＭＴＶをはじめ若者向けのテレビ番組は、爆発するような映像や音楽を休みなく流して退屈を和らげるということになっているが、単に刺激がなければいられなくしているだけだ。

退屈は不安のない状態で、怠惰にぴったりだ。「退屈」という言葉には否定的なメッセージが込められて語られるが、実際には理想的な状態なのだ。真の怠惰は、退屈を指向する。

6. 新しい出会いはありますか？

最初の二週間は、あらたな人脈を開拓しようとしてはいけない。だが怠惰運動は広がりを見せているので、アメリカにもサイバー怠惰を自称する人が何百万といる。それになんと共産主義の中国でも、怠惰人口は増えはじめているのだ。

7. うつになりませんか？

ならない。なる理由がないからだ。一切の競争から身を引き、野心を捨て、ストレスもプレッシャーもなくなれば、非活動の状態で充足できるものだ。

8. では、そんなにまでして生きる意味は何なのでしょうか？

生きるというのは、予期しない贈りものをもらうようなものだ。返すこともできるが、それでは品がないし、相手を傷つける。そのかわりに、できるだけ抵抗を少なくして、生きるという贈りものを受け入れることだ。そして、どうせなら楽しもう。欲しくもなかった贈りものをもらうといっても、まったくもらわないよりはずっといい。

これ以上質問がなければ、プログラムの第二段階へ進もう。

8章 フルタイム怠惰に向けて

おめでとう！

嗜眠段階は突破した。これでフルタイムの怠惰になる用意が整ったわけだ。

二週間、自分の体を昏睡に近い状態に持っていったので、今度は楽に怠惰を達成できる具体的なプログラムを授けよう。わたしは、プログラムのこの部分を「怠惰のステップ2——心拍数をもっと下げよう」と呼んでいる。

まず活動グラムを算出する。たとえば室内を歩くのは標準的な二活動グラムになる。サイクリングマシンをこぐのは四〇〇活動グラム、チョコバーを食べるのは五活動グラム。考えるのは一〇〇〇活動グラムで、逆に、ただされるがままになっている性交は三活動グ

ラムである。

一日に五〇活動グラムまでは許される。手はじめとして、一日の活動例を示してみよう。次ページの表を見てほしい。

ここでは、一日の割当てより一四活動グラム超過している。だからといって、プレッシャーを感じる必要はない。何せこれは怠惰の話なのだから。ちゃんと怠惰していなくても、取りしまりに来る警察はいない——わたしは別として。

この一日を振り返って、それぞれの場面を思い浮かべてみよう。たとえば、三活動グラム節約するためには何を削れるだろうか。明らかに活動を喰っているのは、新聞だ。どうしてもニュースを読まなければいけないのならば、活字が大きくて有名人の写真が紙面の大半を占めているタブロイド紙をおすすめする。スポーツ選手に関する記事を読むのも悪くない。そうすれば、そのスポーツを自分でやる気が失せることうけあいだからだ。マイケル・ジョーダンやタイガー・ウッズのように、シュートを決めたりパットを沈めたりはできっこないのだから、バスケットボールやゴルフをやったって意味ないではないか。

一日の活動例

10：30	起床	10活動グラム
11：15	食事 ドーナツと（眠りを誘う）お茶	5活動グラム
11：30	アニメチャンネルを見る	5活動グラム
12：30	新聞を読む	30活動グラム
12：32	新聞をやめてファッション誌 （ファッション誌が新聞を相殺！） 活動グラムは差し引きで	20活動グラム
13：00	昼食を注文	3活動グラム
13：30	昼食 ペッパローニ・ピザ	15活動グラム
14：00	昼寝（割戻！）	−30活動グラム
16：00	証券会社に電話 投資益が15％向上	10活動グラム
17：00	カクテルの時間 ウォッカをストレートで	5活動グラム
18：15	友人とおしゃべり	10活動グラム
18：45	夕食 チートス	8活動グラム
19：00	動かずに性交	3活動グラム
19：10	就眠	0活動グラム

総計＝64活動グラム

すべての体制にノーを

怠惰を選んだあなた、あなたはおそらく人生はじめての正しい決断を下したのだ。ジョージ・ワシントンにせよウラジーミル・レーニンにせよ、革命家はみんな、改革のカギは生産手段を掌握することだと語った。だがわたしはあえて言おう。自分の生産手段を掌握し、それを閉鎖してしまえ。これもはじめての経験かもしれないが、あなたには怠惰になる権利があるのだと気づいてほしい。応えない自由があるのだ。動かない自由があるのだ。

活動したい気分から身を守る方法

いまでも将来でも、何かしら活動したくなったとき、完璧な怠惰らしく身を守る方法を想定しておいてほしい。

たとえば走りたくなったら、眠ってみてもいいことを思い出そう。

何かに参加したくなったら、傍観してみてもいいことを思い出そう。

泳ぎたくなったら、ただ浮かんでいてもいいことを思い出そう。

攻撃的な気分になったら、後退してもいいことを思い出そう。

エベレストに登りたくなったら、滑落して死ぬ可能性は五分五分だと思い出そう。

何かつくりたくなったら、これまでにまったくこの世に存在しなかったようなものをつくりだす能力が自分にあるのか、じっくり考えてみよう。

道筋を守ろう

では、自分がいつ、どんなとき、ほんとうに幸せをかみしめるかを思い起こしてほしい。いつだって一日の終わり、無事仕事を終え、子どもたちは眠りにつき、家族みんな満腹であとは寝るだけ、というときがいちばん幸せではなかっただろうか。

わたしが提案しているのは、そういう植物状態を恒久的に続けることだ。心配事も懸案もない暮らし、見栄も義理もない暮らしを思い浮かべてみてほしい。そういう暮らしを思い浮かべる練習を毎日くり返していれば、きっと怠惰への道を踏み外すことはない。

こういうわたしを「二枚舌」だと思う人もいるかもしれない。いま「練習」をくり返せ、と書いたが、原理的にはわたしはいかなる「練習」にも反対しているはずではなかったか。そこのところを、はっきりさせておこう。わたしが「練習」してほしいのは、何の努力もしないことなのだ。

われわれの学校制度は、「肝心なのは勝つか負けるかの結果ではない、どう試合に臨むかだ」とか、「誇りを持ってプレイしよう」といった金言に毒されている。そういった「大切なのはプロセス」式の考え方を打ち消すには、たしかにある程度のエネルギーがいる。だが多少エネルギーを使っても、ファッション誌を読んだりお天気チャンネルを見たりして、帳消しにすることができるのだ。

ナンセンスで頭を埋める

無意識のうちに活動グラムを計算できるようになったら、今度は自分の頭をナンセンスで一杯にすることに集中してほしい。たとえば「独身テレビタレントで次に結婚するのは誰か」だの、「モニカ・ルインスキーのハンドバッグはいくらで売れるか」だのと考えていたら、考えることそのものがばからしくなるだろう。

わたしも怠惰に磨きをかけようとしていた時期、ジョーン・リバースと娘のメリッサが、ゴールデングローブ賞の候補者たちに授賞式で着るドレスのことを訊いている番組の再放送を、あえて見てみた。ジョーンが息せき切ってニコール・キッドマンにシャネルのドレスのことを訊ねている様子を見て、「なんで自分はこんなものを見ているんだろう」と思った。ジョーンは次にジェニファー・ロペスのところへ行って、婚約指輪を見せてほしいと頼んでいた。わたしはその後二年間、ジェニファーが誰とくっついたとか別れたとかいう話をずっと追い続け、自分が好むと好まざるとにかかわらず、この女性について知りたいと思う以上のことを無理やり教え込まれてしまうことを発見したのだった。そして自分の人生全般もそういう目で見ると、余分なものを省いていくのがずっと楽になった。頭にくだらないことをちりばめておけば、わたしたちの目の前に提供されるナンセンスのほとんどは、取り入れる必要などないことに気づけるというわけだ。

9章 お役立ち怠惰商品情報

この段階に入り、多くの人が一様に抱く疑問がある。わたしのホームページにも、同じ質問が少なくとも一〇〇〇件は寄せられている。もし停滞期に入ったらどうしたらいいのか、これ以上エネルギーを減らせないと感じたら、肉体が平衡状態に入ってしまったらどうしたらいいのか、というものだ。

これは怠惰にとっては難しい状況だ。というのも、停滞はある意味、怠惰が望む状態でもあるからだ。だがあまり早い段階で見切りをつけないでほしい。諦めないでほしい。だって体のなかにちょっとでもエネルギーが残っていると、「ちょっとだけずるをしてみようかな――ジムに行ってこようかな。A判定が取れるかもしれないな。おとなりさんより

ちょっとだけ多く稼げるかもしれないな。部屋を掃除してもいいな。ダイエット（この言葉を発するだけでも虫唾が走るが）してもいいかな」などと思いかねない。

手抜きせずに手抜きしよう！

あなた方が行きづまりを感じているのは、手抜きをしているからだ。活動グラムを計算するのに厳密さが足りないとか、理想の状態を思い描くテクニックを十分使っていないとか。それにひょっとしたら、わたしがご提案する怠惰商品を使っていないのではないかな。

あなたにぴったりの怠惰製品を探せ！

怠惰歌集のほかにも、停滞期を乗り切るのに役立つ怠惰商品はたくさんある。まず「怠惰朝ごはんこれ一本」を紹介しよう。砂糖に添加物を固め、おいしい睡眠薬のフレーバーをつけたもので、これを食べれば怠惰状態に誘い込まれることうけあい。粉末飲料がお好みの場合は、「チャンピオンにはけっしてなれないミルクシェーク朝ごはん」をどうぞ。乳製品がお嫌いな方には特におすすめ。ハーゲンダッツのダブルチョコレートチップアイスとベン&ジェリーのヒース・バー・クランチを混ぜたものに加えると最高。さあ起きて働くぞ！　という気分を、ああ、もう十分働いたという気分に変えてくれること間違いなしだ。

日中の退屈しのぎには、わたしの特製シリー・パティ・ボールをご推薦しよう。子どもの頃、シリー・パティというのがあったのをおぼえているだろうか。チューインガムみたいな素材で、引っ張るといくらでも長～く伸ばせたものだ。わたしは、停滞期に入って何かしら集中できるものが必要な人には、シリー・パティを引っ張るのが非常に有効であることを発見したのである。

より深く怠惰に入っていくのにもうひとつ有効なのは、泥沼と化した当節の政治状況に考えをめぐらすことである。といっても、この状況を打開する方策を考えついてほしいわけではなく、混乱を前にして、あらためて敗北感を味わってほしいのだ。わたしは中東の政治状況を分析した著書も出している。この多面化した状況には、まったく何ひとつ答えが見出せないとわかるだろう。

中東といえば、最近わたしは怠惰商品のラインナップにたばこを加えた。たばこを吸うのは鎮静効果があるといって、セックスしたあと、みんなしてたばこを吸っていた時代があった。昨今では発ガン性の議論がうるさくて、そんな楽しみは忘れ去られているかのようだ。怠惰停滞期に入った人には、喫煙をおすすめする。灰や吸い殻は、もちろんそこら中にまきちらしてかまわない。たばこを吸うと、人生は楽しく、気楽なものであることを思い出せるだろう。

また、停滞期のための美容商品もお忘れなく。ちょうどネイルカラーの新色を一〇〇色ばかり追加したところだ。怠惰しているときには、足の爪を磨いたり、ペディキュアを塗ったりするのは、ちょうどいい仕事になる。爪に色を塗るのはエネルギーをほとんど消費しないうえ、乾くまで手も足も使いものにならないので、怠惰にはぴったりの作業なのだ。

顔用のパックも各種そろっていて、なかには丸まる七日間つけっぱなしのマスクもある。そのうちのひとつ、死海保湿パックは、塗るのに二日、固まるのに五日かかり、余分な角質をこそげ落として、お肌を子宮にいた頃の状態に戻してくれる。ハンドクリーム、ボディ用クリーム、口のまわりの産毛の除去剤もそろっている。この秋には頭髪用の商品も発売する予定だ。怠惰をしているからといって、長持ちする毛染めでハイライトを目立たせて悪いことはないし、毛根を健やかにし、体中の毛を豊かに艶やかにして損はないだろう。

サイバー怠惰用には、インターネットゲームもある。ソリティアのバリエーションを二〇〇〇種類、テトリスも同じくらいの数のバージョンを開発したので、ほんとうに何もすることがなくて辛いときには、たっぷり時間をつぶせる。

究極の怠惰向けには、ヴァーチャル怠惰ゲームもある。そこではあなたをモデルにしたキャラクターが、できるだけ長い時間をサイバーソファで過ごさなくてはならない。ゲームのなかのあなたのキャラが、ほかのキャラとやり取りしたくなったり、何か体を動かしたくなったりしたら、現実のあなた同様、ありとあらゆる犠牲を払ってその誘惑を払いのけなければならないのだ。毎年、その年最高の怠惰ポイントを上げたプレイヤーには、わたしの会社からハンモックが送られる。

さらに停滞期打開の秘策として、受け身セックスを強くおすすめする。わたしが行ってお相手してもいいのだが、それを望まない方にはわたしのホームページから、お相手のボランティアを見つけることもできる。あなたはただ寝転がっていればいい。セックスにおいて積極的役割をはたそうとしない限り、わたしはストレートにもゲイにも偏見はまったくない。ただほんのちょっとばかり怠惰らしいセックスを営むことによって、怠惰の方法論に水を差すことなく、うるおいが得られることがわかっているのである。

警告——恋に落ちてはいけない！

深い仲になってはいけない。こちらの努力が問われるような関係におちいらないように。自分や相手から、何らかの働きかけがなくても動いてくれるような関係でなければ、結んでおく価値はない。

停滞期をすぎたら、今度は怠惰の維持がテーマとなる。では先へ進もう。

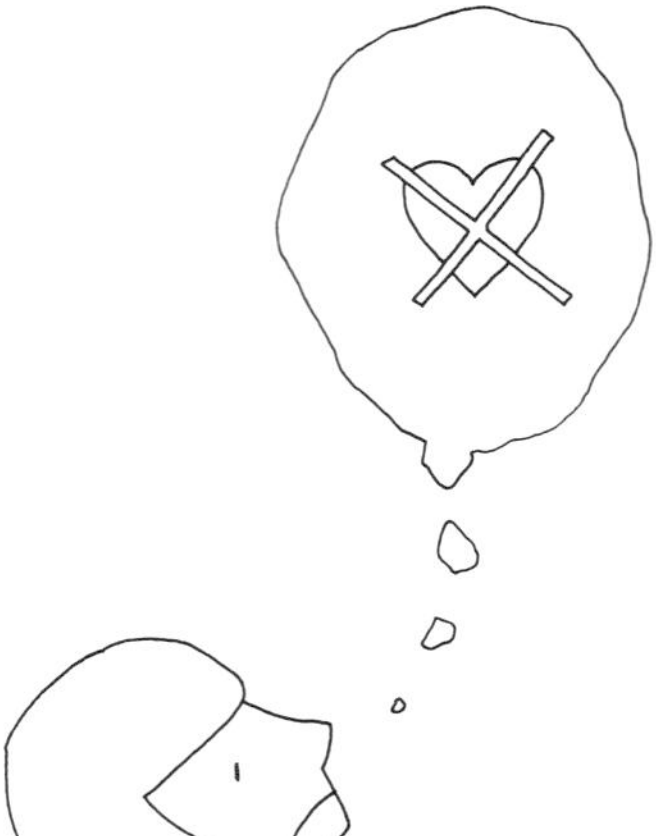

10章 怠惰を維持するために

嘘偽りなく、自分に問いかけてみてほしい。

「活動したい、しなければ、という思い込みとの戦いに、ほんとうに勝利することはできたのか？　関係をつくるより、解放されるほうが心地よいと心底思っているのか？　ストレスの原因となるものは、ほんとうに何もないのか？」

この局面では、あなたはあらゆるストレス、不安から解放されていなければならない。

慢性怠惰への準備

この時点ではすでに何カ月か怠惰の状態にあるので、今後一生怠惰であり続けるために有用な一日の流れがすでに何がしかできていることだろう。ここでは、それでもあなたがうしろめたさを感じるきっかけになることを、すべて排除できるようになってもらいたい。

たとえば卒業アルバムの類だ。同窓生の誰彼が、いまなお世間で活躍していることを思い出してしまうので、捨ててしまおう。また、心から惹かれる相手とは、完全に絶縁してほしい。まことの愛は情熱を呼び起こす。情熱は怠惰の最大の敵だ。情熱は常に苦痛をもたらす。しかし、怠惰は苦痛を知らない人種なのだ。

さて、怠惰を維持する時期に入ったあなたは、活動グラムを一日五〇から七五に増やすことができる。たとえば寝そべってウクレレを弾きたかったら、おおいに弾きたまえ。嗜眠期間と怠惰に入ったばかりのあいだはマスターベーションは禁止だが、維持期間に入ったらまったく問題なし。わたしが特別に、マスターベーションが楽しくなる程度に性欲を刺激するようにつくっている雑誌があるので、取り寄せてもらってもかまわない。だが通常のポルノは要注意だ。そのようなデリケートな方針にのっとって編集されているわけではないので。

維持期間には、ジュリア・ロバーツの映画もいくら観てもかまわない。刺激が少なく、楽しめる。わたしは、個人的にはヒュー・グラントとの共演作は避けている。ヒュー・グラントを見るとどうも興奮してしまうからだ。わたし自身の維持期間御用達ビデオは、わたしが制作したドキュメンタリーシリーズ『偉大なる思想家たち』だ。どれも一本六時間で、文明に多大な影響を与えた思想家を紹介している。第一巻はアルキメデス、次は前後編合わせて一二時間、聖トマス・アクィナスを取り上げた。アクィナスは修道士たちの神への務めをおこたらせるのは悲しみであると考えていたが、わたしはむしろ悲しみこそが彼らの正気を保ち、アッシジのフランチェスコみたいに動物に話しはじめたりするのを食い止めたのである、という実に画期的な結論を導き出している。

もし義務感が目覚めたら

カリフォルニア州グレン・リッジのオークウッド・アパート在住サマンサ・バーコースキーから質問の手紙が来た。その内容は、維持期間にあるクライアントとはぜひ話し合っておきたいものなので紹介しておく。

サマンサの質問は「再び活動にからめ取られないようにするには、どうしたらいいのでしょうか。動きたくなる誘惑をどう止めればいいのでしょうか」というものだ。わたしがサマンサに答えた内容を再録しておく。

依存とは、非常に油断ならない相手です。わたしたちはひとり残らず、人を喜ばせることに依存している。ほんの幼児だった頃から、わたしたちは両親にいい子になりなさい、宿題をしなさい、大きくなって成功しなさいと常々言われて育ってきたので、自分がそうした要求にちゃんと応えられると証明したい気持ちを抑えるのは、ほとんど不可能に近いのです。薬物とかアルコール依存の場合と同様に、何かをしたいという欲求を克服するのも、目の前の一日だけでいいのです。これから一生ずっと何もしないでいることを考えると呆然としてしまうことでしょう。だから、今日一日だけは何もしないでいよう、と考えるようにしてみてください。一度に何もかもをかたづけてしまわないよう、精一杯努力しましょう。毎日毎日その日の分、自分を含む誰かの期待に応えてしまわないようにしてみましょう。

サマンサの助けを借り、わたしは怠惰向けチャットルームをはじめた。ぬくぬくソファにおさまったまま参加することができる。通常の自助グループで得られる支援や励ましを、家から一歩も出ることなく受けることができるのである。

もし深刻なほど活動状態におちいっていると感じたら、もう一度嗜眠プログラムを丁寧に行うところからはじめるといい。たまにずるをしたくなることはある。だが仕事の電話が続けて五本もかかってきたり、誰も見ていないと思って何かしら生産的なことをしてしまったりしたら、頼むから、厳格に嗜眠をやり直してほしい。嗜眠は毎日のスケジュールが手に負えなくなってきたときのリセットボタンだ。

また、世のなかにはあなたを活動に引き戻そうとそそのかす手合いがいることも、心にとめておいてほしい。たとえば両親とか、恋人、上司、会計士、税務署などだ。彼らからの圧力が大きくなり持ちこたえられなくなってきたら、この本を読み返すかわたしに電話をするといい。わたしが言葉巧みにあなたを嗜眠の状態へと誘って差し上げよう。

なんといっても、あなたは抜け出したのだ！

おぼえていてほしいのは、怠惰が生涯続く自負心を与えてくれるということだ。こんな風に自分の人生をコントロールできたらいいなあ、とかねがね願っていたとおりにコントロールできるようになるのだ。

あなたは単なる落ちこぼれではない。二一世紀という洗脳された人々の戦いの場から、完全に身を引いたのである。今後、あなたが独創的な発想を発表するという見込みはまずなくなった。しかし、もともとあなたにそんな偉業は期待されていないだろう。世のなかの風潮に逆らったことに誇りを持っていい。これからはもう、行きたくもないパーティのたびに欠席の理由をひねり出さなくていいのだ。それに家の使用人は全部クビにできるのも、うれしいではないか。

張りきりすぎた10人を覚えておこう

ここに挙げるのは、歴史上、成功者と言われている10人だが、わたしに言わせれば彼らは敗残者だ。ロールモデルとしては、きわめて危険な人物たちである。怠惰とは対極を行く彼らの生き方は、怠惰人生の維持に努めるのがいかにまっとうなことであるかを思い出させてくれるだろう。

1. ウィリアム征服王

庶子であったが、一〇六六年へイスティングスの戦いに勝利した。庶子に生まれ落ちたからには堂々と怠惰を貫く既得権を得たようなものなのに、彼はその生まれを償ってあまりある生き方をしなければならないと感じたようだ。ノルマン人を率いてきた彼のせいで、イングランドに石弓が広まり、混血も広まった。自分の落としだねは、フランスでだけ増やしていればよかったのでは？

2. マリー・キュリー

偉大なる科学者にして、女性にとっての理想像のひとり。キュリー夫人は女性ではじめてノーベル賞を受賞し、はじめて二度の受賞に輝いたが、研究で放射能をあび続けたために命を落とした。研究ともノーベル賞とも早々と手を切っていたら、もっと幸せに長生きしただろうに。

3. バイロン卿

一九世紀ロマン派の高名な詩人。生まれつき脚が曲がっていたので、生涯寝椅子でのんびり過ごしても、誰にもとがめ立てされなかっただろう。寝そべっていても詩は書ける（ちなみに怠惰の維持期間、詩を書くことは許されている）。よせばいいのにバイロン卿はスキャンダルを逃れてイングランドを飛び出し、一八二四年ギリシャ独立戦争に参加して熱病で死亡した。

4. レオン・トロツキー

ロシアの革命家。メキシコ滞在中、狂信的な反共産主義者にアイスピックでつき殺された。それで、いまロシアがこうなっている。

5. ウィリアム・シェイクスピア

劇作家、そのほかにもいろいろ。シェイクスピアはあまりにも多作なので、ほんとうに全部自分ひとりで書いたのかどうか、誰にもわからない。彼がもう少し休むことを知っていれば、同時代の劇作家クリストファー・マーロウの偽作疑惑なども、これほどかまびすしくなかったかもしれない。

6. イーライ・ウィットニー

綿繰機の発明者。大量生産を推進する機械を発明するのは、いかにも怠惰応援団のようだが、実際には大量生産機械は生産量全体を底上げしてしまうので、きわめて反怠惰的である。綿繰機は奴隷労働をすすめるが、怠惰は断固として奴隷労働に反対する。わたしはよその人を自分のために働かせる人間には興味がない。わたしが興味を持つのは、働くということをそもそも一切しないことだ。

7. ジャック・ラレーン

アメリカのエクササイズ指導者。人々を、痩せなければという強迫観念に追い込む。最終的にアーノルド・シュワルツェネッガーがカリフォルニア州知事になれたのは、彼のおかげ。

8. マザー・テレサ

第三世界の貧しい人々の生活の質を上げるために、生涯をささげた聖者。腹を空かせた人に食べものを与えることには何ら異論はない。怠惰には餓死する趣味はない。むしろ腹を空かせた人に食べものを与えるのは、もろ手を挙げて賛成だ。ただ、何であれ神様にかかわって善行を施すことに反対なのだ。神への愛を抱くのは怠惰に反する。抱いていいのは毛布だけだ。

9. ポール・ニューマン

ハリウッド俳優。理想のアメリカ人像であり、実業家。ハリウッドスターがこのリストに載るなんて、驚かれる方もいるだろう。しかし、ポール・ニューマンは俳優として偉大であるだけでは飽きたらず、レースに出たり、民主党で活動したり、食品産業で成功をおさめたりしている。ニューマン・ブランドのポップコーンを食べながら、ニューマン主演の映画――特に『熱いトタン屋根の猫』がいい――を観るのはやぶさかでない。この映画のニューマンは、下着姿がとってもキュートなのだ。だが彼の生き方に触発されて、俳優たちが事業を興したり、レストランをはじめたり、政治活動に目覚めたりしている。俳優は自分の分をわきまえて、家でおとなしくしていればいいのに。

10. 母

母は女手ひとつで九人の子どもを育てた。料理もし、掃除もし、父を愛した。ニューヨークシティ・バレエでプリンシパル（第一舞踊手）を務め、ブロンクスの公立高校のプリンシパル（校長）もやってのけた。マウント・サイナイ病院でボランティアをし、クリスマスには家族親族の集まりに義理堅く全部顔を出したあとで、貧しい人のためのスープ配りに加わった。愛人をふたり（判事とゴミ収集人）こしらえ、子どものために有機栽培の材料で料理をこしらえた。母ほど偉大な母親はいまい。その意味で、母はわたしを完全に打ちのめしてくれる。

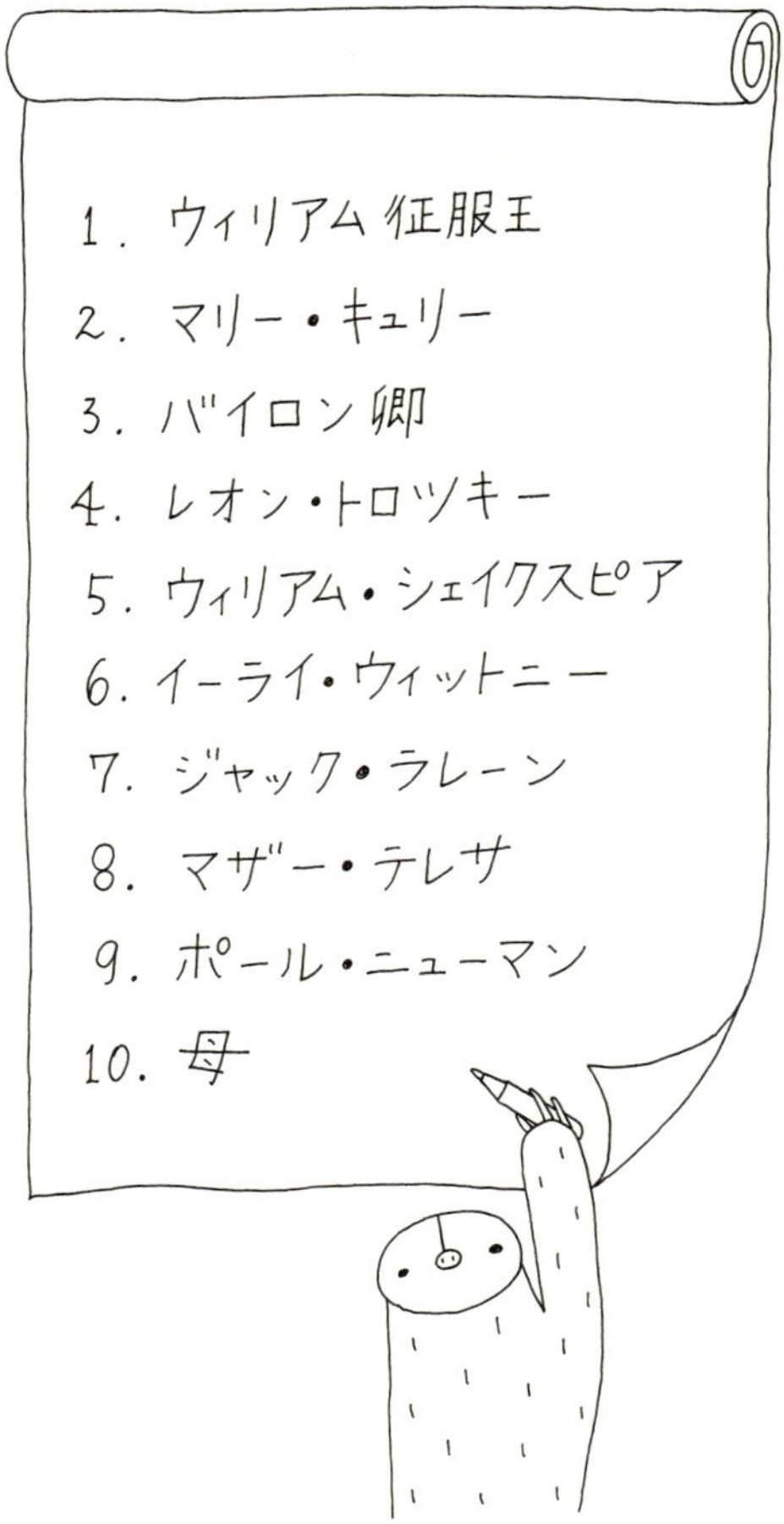

この一覧表をおぼえておいてほしい。仕事に戻りたくなったときは、この表の人たちががんばりすぎて、いかに自分自身の人生を、そして社会全体をおびやかしたかを思い出してほしい。

次なる章では、ロックフェラーとクラフト・チーズの出資による研究から、怠惰な生活がいかに健康によい効果をもたらすかという最新の情報をお届けしよう。

11章 怠惰は健康への道なり

最近ニューヨークで開かれた女性のための健康食事会で、ニューヨーク・タイムズ紙の健康欄の記者ジェーン・ブロディが次のような報告を行った。

「わたしたちはみんな、毎日の暮らしでストレスを受けています。仕事のこと、家族のこと、多忙なスケジュールをこなしていくこと……大切なのは、長期的なストレスを避けることです。長期的なストレスは、高血圧や肥満、糖尿病といった深刻な健康問題をもたらします。……ストレスはわたしたちが健康的な状態を保とうとする免疫機構にも深い影響をおよぼし、病気にかかりやすい体質を招く可能性もあります」

無意味さを知ろう

次に挙げるのは、五年にわたってさまざまな強度のストレスにさらされた10人を追跡調査した事例だ。結果は衝撃的である。これらの事例にはかなり極端なストレス要因がからんでいるが、怠惰な生き方を選ばないと何が待ち受けているかを、ある程度知ることはできよう。

【事例1――インディアナ州マンシーのヘレン・イェーガーの場合】

ヘレン・イェーガーは、母親がアルツハイマーで余命いくばくもない。就学前の子どもが二人いて、三人目の子どもは目が見えず、耳が聞こえず、話すことができない。夫は刈り取り機にはさまれて両手を失い、農場は連邦政府に引き取られた。

ヘレンは信心深い性質だったので、神様を信じていればすべてはうまくいくと考えたが、ある日母親がマンシーの街をすっぱだかで走り抜け、同じ頃子どもたちが牛乳と間違えてテレピン油を飲んでしまうという出来事があった。盲聾唖の子どもが電気ストーブをつけようとして家が火事になってしまい、失業中の夫は足で隣家の奥さんを誘惑しようとする。

かくのごとき大変なストレスも、神様を信じれば解消されるとヘレンは信じたが、おかげで血圧は一時的に三〇〇から四〇〇に跳ね上がり、祈りに行った教会で意識を失って座席に頭をぶつけてしまう。病院に運ばれたが、意識はいまだに回復していない。

ストレスが人間の肉体を蝕んだ典型的な例だ。母親と三番目の子どもを施設に預け、夫を殺し、上の子ふたりをＧＡＰのモデルにしていれば、農場を売って、あとはハンモックに揺られて悠々自適の生活を送れたものを。

【事例2――コネチカット州ニューカナーンのジェレミー・ストロングの場合】

ジェレミーは常々、政治家になることを夢見ていた。彼は奉仕をしたかった。公人として刺激的な生活を送ることでエネルギーを得るタイプの人間だった。あらゆる重要な場所に顔を出し、力のある人たちとつながり、重要な決定を下していたかった。

彼はこの目標に到達するために人生を賭けた。オバーリン大学で行政学を学び、オックスフォードのローズ奨学生となった。最初の年度からクラスの委員となり、大学院ではアメリカ人学生としてはじめてオックスフォード大学自治会の会長になった。

ふるさとのコネチカットに帰ると、彼は州の選挙に打って出た。州知事として無事二期を務めたあと、大統領選に出馬することを考えた。だがまさに出馬を表明しようとしたその夜、政敵の妨害工作がはじまった。自宅に黄金の洗面台をすえつけるために、ジェレミーがコネチカット州の金を着服したという証拠を捏造したのだ。そのうえ、妻が、ジェレミー夫妻が子守りを頼んでいる一九歳の元ミス・コネチカット・ジュニアとベッドインしているビデオを、ゴシップ専門タブロイドのナショナル・エンクワイアラー紙に流された。同時に、コネチカット州全域のコーチショップにテロ予告があり、ジェレミーが服用しているビタミン剤のビンに、何者かがエクスタシーを二〇錠紛れ込ませていた。

面目をつぶされ、傷つけられ、すっかり打ちのめされたジェレミーは、大統領選に出馬するのを諦めざるをえなかった。深夜のトーク番組では笑いのネタにされた。スキャンダルになったことで勇気を得た妻と元ミスの子守りは、ほんとうに手に手を取ってかけおちしてしまった。
　完全に人生の底をついたジェレミーは、ビタミン剤のビンに仕込まれていたエクスタシーを二〇錠全部飲み、ウェストポート駅の階段で打ちひしがれている姿を写真に撮られた。のちに、彼に対する非難はすべて根も葉もない中傷だったと判明したが、すでに信用も評判もがた落ちで、ジェレミーの姿は今もウェストポート駅の階段にある。残りの半生を彼がそこで終える可能性も十分にある。これほどの野心を抱いていなければ、マスコミに少しばかりガセネタを流されたくらいで、破滅させられることもなかっただろう。

【事例3――フロリダ州タンパのサラ・ザルツバーガーの場合】

　サラ・ザルツバーガーはエアロビクスのインストラクターで、いずれはテレビに出るスターになりたいと夢見ていた。懸命に売り込みをした結果、ナイル川を舞台にしたサバイバル番組に出演することになった。第二ステージの二人三脚レースで近道しようとしたサラは毒蛇の巣に足を突っ込み、かまれて病院に運ばれる。ところが、この病院がイスラム原理主義過激派の攻撃を受けた。その混乱のなかで、患者を取り違えた医師に脚を切断されてしまう。

さらに入院中、金持ちの相続人と誤解され、過激派グループに拉致されたサラは、今も一億ドルの身代金が支払われるのを待って、どこかの洞窟にとらわれている。フロリダの一インストラクターで満足していたなら、今頃エアロビの入門クラスでも教えていただろうに。

【事例4――カリフォルニア州ロサンゼルスのティファニー・トレントの場合】

ロサンゼルス在住のティファニーは野心まんまんの女優で、常に上を目指していた。彼女の一日はヘアセットにはじまり、肌の手入れ、エクササイズ、話し方のレッスン、着こなしのレッスンと予定がいっぱいで、その費用をまかなうために、夜どおしデニーズでウエイトレスをしていた。

ライバルに勝つには整形するしかないと考えたティファニーは、顔にボトックスを注射し、唇にはリップトックス、目をいじり、鼻をいじり、顔のたるみを伸ばし、脂肪を吸引し、先のとがったハイヒールを履けるように足の人差し指を一・五センチばかり短くした。全身の整形を終えたティファニーの容姿は、彼女が得たいと考えていた乙女役のイメージより、シャム猫に近くなっていた。

そしてとうとう、ティファニーにオーディションの声がかかった。声をかけてくれたプロデューサーは、ティファニーがデニーズでよく料理を運んでいた相手で、なんとか彼女にチャンスをつかませてやりたいと考えていた。しかしオーディション会場に着いたティファニーは、容貌がすっかり変わっていたのでティファニーだと気づいてもらえず、役はもらえなかった。

自分が役を逃したのは太っているからだと考えた彼女は、肋骨を二本取ることにした。ところが手術中に手違いがあって、肋骨二本だけでなく、あばら骨がそっくり取り除かれてしまった。彼女の物語はアニメ化されて人気を博しているが、彼女自身は息をするのはおろか、飲み込んだり歩いたり話したり、座っていることさえ辛い状態だ。ティファニーは、神様から与えられた生まれたままの容姿に満足し、それにほんのちょっぴり体重を増やすくらいがちょうどよかったのではないだろうか。ナルシシズムは怠惰の逆をいく、何としても避けなければならないものだ。

【事例5――ジャマイカ、キングストンのティモシー・ゴドウィンの場合】

ティモシーは一一人きょうだいの九番目で、母親はキングストン・マリオット・ホテルで洗濯婦をしている。父親はわからない。

ティモシーはもっといい暮らしがしたいと思い、ある日モンテゴ湾からフロリダのネイプルスまで泳いで渡った。彼はリッツ・カールトン・ホテルのプールの監視員になり、そこでロックフェラー家の姪と親しくなった。ヴァッサー・カレッジ在学中の姪は、ちょうど春休みで遊びに来ていた。ティモシーは彼女に一目ぼれし、なんとしても彼女の同類になろうと決心した。

まず手はじめに、彼はウェンディーズに強盗に入った。これがやすやすと成功したので、引き続きティモシーは地域のファストフード・レストランを軒なみ襲っていく――バーガー・キング、マクドナルド、ポパイ・チキン、タコ・ベル、テリヤキ・ボーイ、ピザ・ハット、アービーズ。それからラルフ・ローレンにおもむくと、服装を一新した。

強盗に入っていないときには高校卒業資格を取るために勉強し、大学受験資格試験を目指した。かくして、ティモシーはヴァッサーに入学する奨学金を獲得した。しかし入学して二週間で、ちょっとしたこづかい稼ぎに、ヴァッサーのキャンパスと目と鼻の先にあるジュリエット・ブリック・オーヴン・ピザに押し入ったことから足がついてしまった。ロックフェラー嬢にダイヤの婚約指輪を差し出しているところに、警察が踏み込んだ。

ほどなくして、ティモシーがフロリダのファストフード店連続強盗犯であることが判明し、二五年から終身の刑を言い渡されて刑務所に入ることとなる。手錠をかけられて連行されるティモシーに、ロックフェラー嬢は言った。

「どうしてこんなことを？　セオドア・ドライサーの『アメリカの悲劇』よりお粗末よ」

ゴドウィン氏はジャマイカにとどまり、大麻たばこでも吸いながら母親に養ってもらっていればよかったのだ。アメリカに来て高等教育を受け、逆玉の輿結婚できるなどという夢なぞ見ないで……。

【事例6――ミネソタ州ミネアポリスのレニー・モランフィーの場合】

レニーは、政治活動によって世のなかを変えられると信じていた。大学生になると、平和デモに参加し、ホームレスへの炊き出しを組織し、学部の待遇改善のためにピケをはった。また、環境にいい素材と製造法でつくられていない紙にはけっして手を触れず、政治犯釈放の署名をし、あらゆる機会をとらえて首都ワシントンにデモ行進した。中絶専門クリニックで働き、カレッジの寮の部屋で同性愛カップルの結婚式を執り行い、ミネアポリスの恵まれない地域に住む選挙民の投票を手伝った。コソボやイラクに支援物資を送り、蓄えはすべて政治目的に使った。

ある晩、「安全な夜を取り戻そう」キャンペーンの夜まわりから午前二時に帰宅すると、FBIと英国諜報部がやってきて、共産主義者でイスラム教徒、環境保護派かつ中絶賛成派、そして無政府主義者のレニーが、アメリカとイギリスでもっとも危険な女性一〇人に数えられていることを告げた。レニーはただちにグァンタナモ・ベイに送られ、以来、消息不明だ。ほかの人の幸せを声高に非難するのと同じくらい自分の幸せを考えていれば、今頃レニーは結婚してミネアポリスで幸せに暮らしていたことだろう。

【事例7――ロング・アイランド、ロックヴィル・センターのロイ・ゴールドバーグの場合】

ロイ・ゴールドバーグは子どもの頃、妹のバービー人形に夢中だった。大好きなバーブラ・ストライサンドやジュディ・ガーランドをまねて、うたわせたり踊らせたりしていた。

一二歳になったロイのお気に入りは、母親の髪をとかすことと、母親のミンクのコートを着てみることだった。高校の最上級生になったときには、フットボールチームのキャプテン、ジョニー・アクロンに恋をしていた。ある晩ジョニーに愛を告白したが、殴られて目のまわりに青あざができた。その晩からロイは、もう自分の性向を隠して生きるのはごめんだと固く心に誓い、自分にせよ誰にせよ、オープンに生きられる世のなかにしようと決心した。

ロイはブロードウェイの劇場の総支配人として大きな成功をおさめ、トニー賞の授賞式でキャロル・チャニングのエスコートを務めるほどになった。ブロードウェイで行われたゲイのための慈善興業でロイはメルと出会い、それから一〇年一緒に暮らした。

その後、アメリカ合衆国副大統領のディック・チェイニーがロイの前に現れて、劇場でのキャリアも幸せな生活も終わりを告げた。それというのも副大統領はロイに、「きみは結婚しなければいけない」と言ったのだ。ロイは喜んで、「それはすばらしい。メルとぼくはもう何年もずっと、正式に結婚したいと思っていたんです」

「いやいや、きみは女性と結婚しなければいけない。わたしが候補を連れてきてあげたよ。ジュディ・シャピロだ。たいへん落ち込んでいてほとんど口をきかないが、なに、結婚式が終わったら気分も変わるさ」

ロイはみるみる泣き出した。

「わたしにだってアメリカ市民として、自分の人生を自由に生きて、幸福を追求する権利があるでしょう！」

ディック・チェイニーは、ロイをまじまじと見た。

「いや、きみにはそんな権利はないよ。きみは同性愛者だからね」

ロイとジュディはベルビュー病院で結婚し、以来そこの精神科に入院している。ロイが自分の性指向を告白するのにもうちょっと怠惰だったら、今頃まだメルとの愛情あふれた秘密結婚は続いていたかもしれないのだが。

【事例8――ネブラスカ州オマハのハッティ・ビヨンソンの場合】

ハッティは家事には自信があった。子どもたちにはよく、「いいこと、何よりの罪は怠惰よ」と言い聞かせていた。子どもたちが部屋の掃除をなまけたり、さぼっておもちゃをかたづけなかったりすると、「木の枝から逆さにぶらさがって、一日中葉っぱをしゃぶってる動物のまねをするんじゃありません」と叱った。ハッティの家はオマハ中でいちばんきれいだった。台所の床は、舐めても平気なくらいぴかぴか。彼女は毎年、オマハ家庭婦人会最優秀主婦賞を受賞していた。

ハッティは倹約上手で、常々「雨の日のために節約しておきなさい」と子どもたちに言っていた。ハッティは領収書を分野ごとに別々の箱に分類していた。食材の箱、衣類の箱、映画の箱、子どもの学用品の箱、といった具合。

過去四〇年分のレシートを全部取ってあったハッティは、ある日、雑誌の大掃除大賞に当選した。一等賞金の一億ドル小切手が、すぐ宅配便で送られてきた。大喜びしたハッティは、小切手を特別な隠し場所にしまった。夫はすぐに換金しようと提案したが、「とんでもない。わたしはハッティ・ビヨンソンよ。どこに何があるか、ちゃんとわかってるの」

その夜、夫はお祝いに、ハッティを外食に連れ出した。過去四〇年間きちんとしすぎてきた重圧と大賞を射止めた興奮で、脳動脈瘤が破裂し、ハッティは健忘症になってしまった。一億ドルの小切手をどこにしまったか思い出せない。夫と子どもたちが家中ひっくり返して探したが見つからない。家はちらかり放題になった。

大切な我が家が惨憺たるありさまになったのを見て、ハッティは二度目の発作を起こし、その後回復にいたっていない。また、小切手は結局のところ見つからなかった。ハッティがもう少し手抜きの主婦で倹約家でもなければ、こんなことは何ひとつ起こらなかっただろうに。

【事例9――カリフォルニア州サンフランシスコのリール・チェンの場合】

リール・チェンは実に健康体だった。口に入れる食べものは、添加物が入っていないかすべてラベルをチェックしていた。たばこは吸わず、酒も飲まず、午後九時より遅くまで起きていたことがなく、毎朝六キロ歩き、夕方にはプールに行き、砂糖、乳製品、小麦、脂肪は一切口にせず、食べるのは無農薬有機栽培のものだけだった。日焼け止めをつけていないときに三〇分以上は日差しをあびず、毎食前、食中、食後に手を洗い、人様の家までほこりを払い、飛行機の機内や地下鉄内ではマスクをし、セックスの相手にはラテックスのボディスーツを着せ、手袋なしではけっして握手しなかった。

さてある日、リールは行きつけの健康食品店でかぼちゃのグラノーラを購入した。リールは夢にも思わないことであったが、どこかの極悪非道な人間が、そのグラノーラに炭疽菌を振りかけていたのだった。健康志向の強い人間を最初の犠牲者にすれば、インパクトが強いと考えたのだ。この極悪人は歪んだダーウィニズムの信奉者で、もっとも不健康な人間が生き延びると信じていたのだ。

このバイオテロは、リールひとりを犠牲にしただけであっけなく幕を閉じた。リールも家で寝そべり、ドミノ・ピザでも取って食べていたら、まだ生き延びていたことだろう。

【事例10――ニュージャージー州トゥイン・リヴァーズのマイケル・バラキヴァの場合】

マイケルはアルメニアとイスラエル、カンボジア、ボスニアの血をひいており、ニュージャージー中央部ではただひとり、大量虐殺された経験のある民族の後継者たる人物だった。

マイケルは、プリンストン大学が独立をくわだてたことから勃発した、有名なプリンストン＝トレントン戦争までは怠惰だった。この戦争でマイケルは引き裂かれた。彼のなかのカンボジアとアルメニアの遺伝子はプリンストン寄りの、イスラエルとボスニアの遺伝子はトレントン寄りの立場を取りたがったからだ。

高校時代のマイケルは、家で吸血鬼ドラマのビデオを見ていれば満足している若者だったが、この戦争でにわかに活気づいた。彼は週の前半はプリンストン側で、後半はトレントン側で戦った。だがじきに彼は二重スパイと見なされ、両方の陣営から戦争犯罪人としてつけ狙われた。

彼の死は、ニュージャージー州史上唯一の正しい民族浄化として記憶されている。皮肉にも、マイケルの死をもってプリンストンとトレントンの紛争も終結した。プリンストンは何事もなかったかのように、再びニュージャージーの宝の位置におさまった。

マイケルも、自分の遺伝子に刻まれた民族の記憶を守るために戦ったりせず、怠惰の本能がおもむくままに暮らしていれば、今頃は自宅でぬくぬくと、吸血鬼ドラマの最終回を見続けて、九七回目に突入していたことだろうに。

要約すれば、ここにあげたのはすべて、怠惰の生活態度が命を救ったかもしれない事例の研究である。登場した人々についてもっと詳しい情報を知りたい人は、わたしのホームページにアクセスし、「行きすぎた難題」をクリックするといい。

さて次なる章では、二一世紀の新しい怠惰像について、すばらしいニュースをお届けしよう。従来の怠惰とは似ていないように思えるかもしれないが、巧妙にカムフラージュして怠惰を実践しているのだ。だからこの最新版『怠惰を手に入れる方法』では、超絶怠惰の章もつけ加えておかなければならないのである。

12章 （著者昼寝につき）閑話休題

ここでわたしは、突然の疲労感に襲われた。二一世紀の超絶怠惰運動を紹介しなければいけないことはわかっているのだが、いまはどうにもその気力がない。わたしは三〇年かけてこの本を書き、一段落書き上げるごとに昼寝をしてきた。書き進めるうちに手根管症候群になって手指は痛むし、カビに包まれた原稿から放たれる悪臭のせいで、消防車が二〇回も出動してきた。

読者の方々はよくおわかりかと思うが、わたしは怠惰に身をささげている。自分がすすめていることは自分でも実践しており、この本だって完成させるべきではないような気がしている。だがわたしは、怠惰の生き方がすばらしいと確固たる信念を抱いているので、賢明ではないと知りつつも、最小限の努力でこの作品を完成させようと思う。段落に区切りがついたので、このあたりでまた昼寝するのをお許し願いたい。

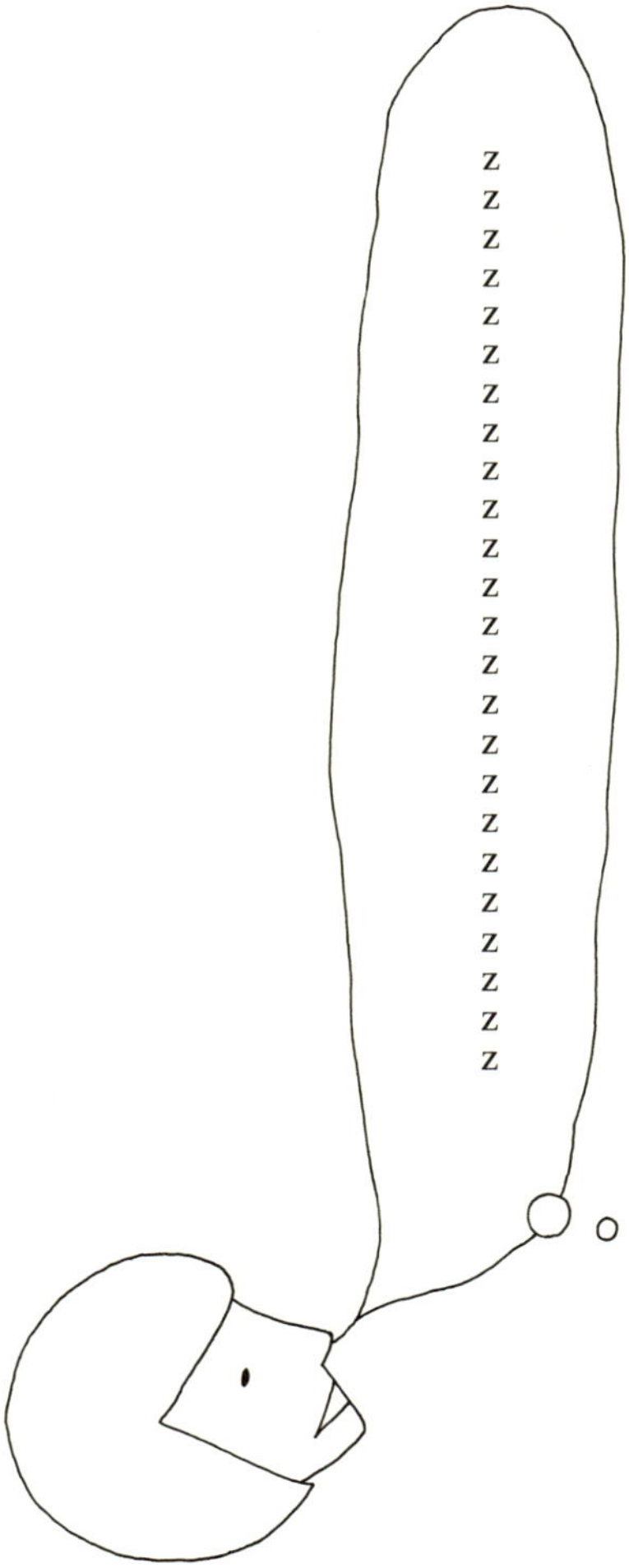

休息

ああ、すっきりした。怠惰がどれほどわたしの人生を変えたか、強調してもしすぎることはない。若かりし頃は、わたしも七つの大罪のすべてを犯した。そして、好色で強欲、嫉妬深くて大食らい、高慢ちきで怒ってばかりいる人間でなくなる唯一の方法が、怠惰になることだった。怠惰のおかげでわたしの体内から罪深い衝動が一掃され、そのかわりに新たな意識が入ってきた。これをわたしは「新無気力」と呼びたい。

誰も気にしない

しなければならないことがたくさんあって、でもする気になれない場合、わたしがどうするかをお教えしよう。目を閉じて、コンピュータでミューザックをかけながら眠りにつく。ミューザック版の《雨に唄えば》と《パッヘルベルのカノン》が特にお気に入りだ。浮かんでくる思いも締切りも、全部追い出して頭をからっぽにし、いかだに乗ってあてもなく漂う自分を想像してみる。目を覚まして部屋中に書類がちらばり、昨日の食事の食べかけや先月のピザの食べかけが散乱しているのを見ると、自分がようやく、自分だけのルールにのっとった居場所をつくれたことを実感する。わたしの動機はきわめて純粋なものである。この居場所からなら、わたしは余計なことを考えずに仕事に着手することができる。

余計なことを考えず、というのがこの本の趣旨だ。主催者がわたしの家にやってきてインタビューをしてくれる場合を除き、わたしはトークショーの類には一切出たことがない。著書にサインをするのはハンモックに寝そべった姿勢のまま。ジャケットカバーに使った引用文は、すべてメールで送ってもらった。生き方指南書やダイエット本の類では例を見ないが、この本は全文寝そべった状態で書かれている。よく著作の宣伝旅行をするとかいうが、わたしに言わせれば、寝室で一章書き上げ、次の一章を庭のハンモックで書き上げたら立派な旅行だ。

それはあなたのせいであって、わたしのせいではない

失礼ながら、わたしはまたしても非常に疲れてきたので、書き終える前にもうひと休みしなければならない。ところで、もしこの本を読んでさっぱり意味がわからないという人がいたら、あいにくだがそれは、あなたのせいであってわたしのせいではない。あなたの心はまだがちがちにコントロールされていて、整いすぎているのだろう。この本の真価を理解するには、怠惰の心がけを身につけなくてはならない。

もしあなたがいまも人生を変えたいと願っていて、それでいながら怠惰を信用できないというのなら、これから一生探し続けることになるだろう。この本は、手に入るなかで最良のものだ。ほかを見る必要はない。

それでは、おやすみ。

13章 怠惰新人類の夜明け

最後の章では、新しい二一世紀型怠惰像をご紹介しよう。

昔ながらの怠惰とは様相を異にするように見えるかもしれないが、彼らは巧妙にカムフラージュして怠惰を実践しているのだ。この最新版『怠惰を手に入れる方法』で、超絶怠惰に章を丸まるひとつ割くことができるのは大変光栄だ。彼らは怠惰新人類なのである。

ソファに寝そべって、こんなテレビ番組を見た経験はないだろうか。髪の色も目の色もご先祖様の出身地もばらばらだが、全員いかにも金のかかった身だしなみの女性が四人で、毎日のハードスケジュールをいかにやりくりしているかおしゃべりしている。いわゆるスーパーママたちだ。みんな夫がいて子どもがいて、キャリアを積んでいて市民運動に

も参加し、加えて一日三時間はエクササイズに汗を流し、野菜しか食べず、毎朝服装をアドバイスしてくれるスタイリストを個人的に雇っている。

　一方、三〇歳になる前に一億ドル稼ぎ、その後ニューヨークから中国まで歩いて渡り、監督した映画で三度アカデミー賞に輝き、性別がまちまちな相手と計四回結婚して、そのたびにセックスがよくなった、と語る男性の話を聞いたことはないだろうか。

　表向き彼らは行動する人たちであり、完全な反怠惰だ。しかし政治の世界で極右と極左がいつの間にか交わっているように、怠惰においても極端なケースは融合しあうのだ。


　いまのあなたはおそらく、あたりにゴミをちらかしながらチョコレートバーにかじりつき、わたしが正気をなくしたのではないかと、いぶかっていることだろう。電子手帳だの携帯電話だのに取りつかれている女性が自分たちの仲間だなんて。しかしそこにこそ、二一世紀らしい新しさがあると思うのだ。

　わたしは、最新版の最後の最後になるまで、これを報告するのを待っていた。ありあまる動機に駆り立てられ、こなしきれないほどのスケジュールを抱えた人たちは、新たな怠惰族なのである。ソファで叫んでいるあなたの声が聞こえるようだ。「そんなはずはない！」って。まあまあ、これからその理由をお話ししよう。

真の怠惰を達成すると、もはや世界を変えたいという欲求を持たなくなる。怠惰は革命とは無縁なのだ。弁証法はなしだ。もちろん、世界が進歩したとしても、それはかまわない。怠惰の目的は、何かをなし遂げることではないからだ。怠惰は怒りもしないし希望も持たない。無政府主義でもない。無政府主義になるためには、ずいぶんと運動しなければならないからだ。怠惰は、現状維持という門をものぐさに守る門番なのだ。

だからオーバーと言えるほど活動的な人々を見ると、「いや、ああいうのを見ていると疲れるなあ。あの連中とは何ひとつ共通点なんかないぞ。やつらがピラティスをしてる朝の七時にはまだ寝てるし、やつらが仕事に行く頃もたぶんまだ寝てるし、ビジネスランチを取っている頃はきっと昼寝してるだろうなあ。向こうはスイッチがいつもオンで、こっちはオフだ」

ひょっとしたら、ここでもわたしは偽善者と思われているかもしれない。何しろこれまでは、多動な連中をさんざんこきおろしてきたのだから。しかしこれは新しい改訂版だ。わたしがこの章に述べるような結論に達したのも、ごく最近のことなのである。だから、どうかわたしの立場から見てみてほしい。手にあまるスケジュールを抱えて超絶技巧に動きまわる人たちが、ほんとうに新しい何かをつくり出していると言えるだろうか。自分たちの情熱にうしろめたさを感じたり、政府にこれまでにないビジョンを求めたり、地域社会をよくしたり、何より自分自身を変えたりしているだろうか。

こういう人たちの目的は単に忙しくしていること、活動に忙殺されていることであって、そのために彼らの精神は、すでに恒久的な嗜眠の状態に入っているのだ。言いかえると、彼らの過活動状態と、わたしたちの非活動状態は、実は同じものなのだ。昔ながらの怠惰人であれ、新時代の超絶怠惰人であれ、わたしたちはみんな真の思考なるものを見つめ、それを拒絶したのだ。それならば、ファッションであれ家族であれ宗教であれ、時代の風潮を疑問視するより同調していたほうがずっと楽チンではないか。

真に何か新しいものを創造するには、決断力や率先力だけでなく、時代の風潮に逆らう勇気も必要だ。だが新時代の超絶怠惰は、常に道から外れない。社会のなかに自分たちを位置づけている富や権力、特権といった基盤を揺るがさないことに熱心なのだ。

超絶怠惰人たちは、エクササイズバイクを時速一一〇キロものスピードで一時間でもこぎ続け、何の疑念も抱かずにいられる人種だ。それはまるで、彼らの人生そのものを映しているかのようでもある。荒々しく、騒々しく、けれども最良の怠惰人と同じで、その行動には何の意味もない。

自慢したいわけではないが、二一世紀になってセレブがやたらにもてはやされるのも、実は怠惰の生き方が勝利をおさめたことの一側面と言っていいだろう。セレブたちはヴァレンチノのデザイナーズ・スーツを着て、赤ん坊を育て、恋に落ち、ロマンチック・コメディに出演し、忙しい毎日を送ってはいる。しかし、なし遂げたことといったらせいぜい、一般庶民に多少のゴシップを提供して、日常の空虚を束の間埋めてくれるくらいだ。彼らの誰ひとりとして、この時代を根本から変えようとなどしない。むしろ時代の基盤を守ることこそ、彼らの利益を守ることになるのだから。

セレブのなかには保守的、あるいは革新的な政治活動に身を投じる者もいるが、活動のうねりが勢いを増してきたとき、信念のために自分の社会的地位をなげうってしまうセレブなどいはしない。

怠惰人種も有機体なので、環境に応じて生き延びるために進化していく。つまり怠惰の新人類たちは、昔ながらの怠惰の倦怠感を二一世紀に合わせて進化させたのだ。わたし自身はソファに寝そべっているほうが好みだが、怠惰新人類たちも、創造性でも精神性でも政治的にもあっぱれなほどからっぽで、わたしは鼻が高い。

念を押しておくが、わたしも以前はこうした人たちを苦々しく思っていたものだ。1章で、ハワイのビーチで踊る白いビキニのエアロビクス・インストラクターたちをどのように描写していたか、思い起こしていただければいい。しかしジャングルでは、二つ指のナマケモノと三つ指のナマケモノは喧嘩もせずに共存している。だからわたしも超絶怠惰の同志たちを、満足をもって見守ろうと思うのだ。

だがわたしの忠実なる信奉者諸君、伝統にのっとり、嗜眠の段階を経て怠惰にいたったあなた方に、今のやり方を変えろと言うつもりはさらさらないので、どうか安心してほしい。怠惰は比べられるものではないし、もちろん競い合うものでもない。怠惰新人類に進化せよと言う気はまったくない。ただ理解してほしいのは、新人類を合わせると、怠惰人口は思っているよりずっと多くなるということなのだ。実際問題として、グローバル化する現代にあって、もっとも巨大な利益団体になりつつある。ノートパソコンに電子レンジ、プラズマテレビや携帯電話といった技術革新も、すべて怠惰人口の用に供するためだと言えよう。

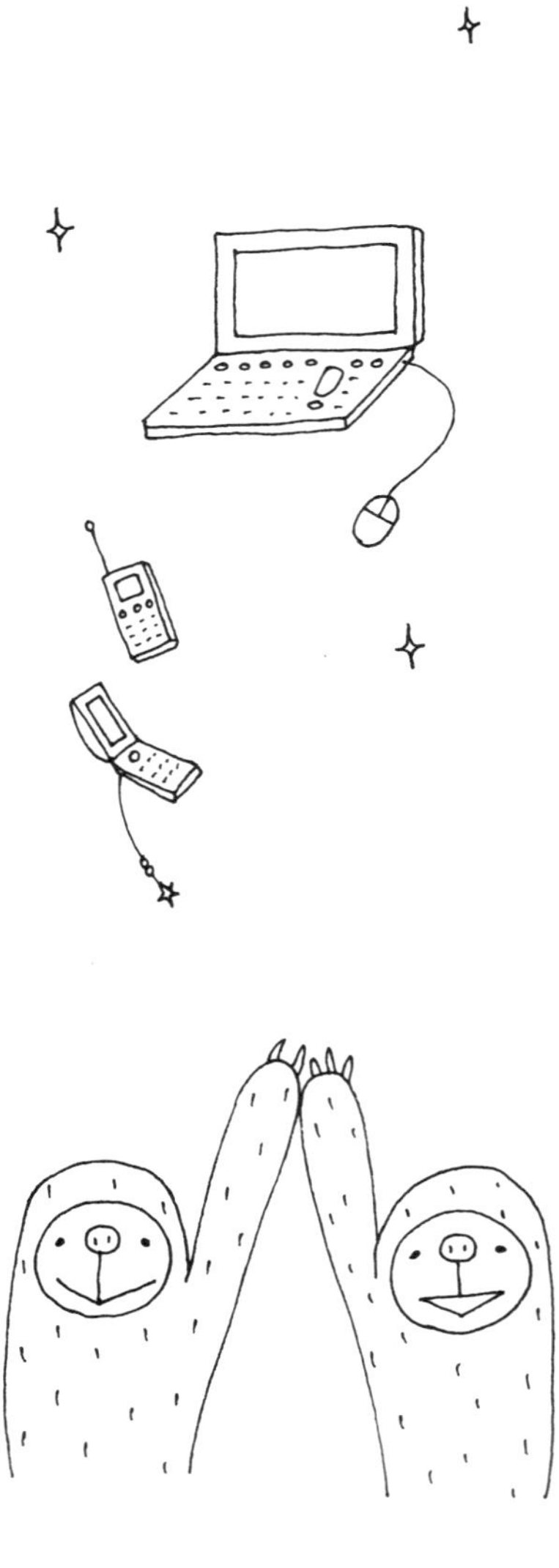

さて、親愛なる同志たちよ、そろそろわたしたちの長い旅も終わりに近づいた。これでやっと、寝返りを打って休んでいただける。もっともすでに、何度も居眠りしてはいるだろうけれども。

この本を読んだあなたは、七つの大罪のうちで怠惰がいちばん将来有望な罪であることを、あらためて認識しているだろう。怠惰によって、あなたは長く、幸せに、実り多い人生を送ることができる。期待や根拠のない希望、刺激など、すべてから解放される。市場にはいま、さまざまな生活改善法やダイエット法、自己啓発法が出まわっているが、そうした方法と怠惰計画がもっとも違うのは、一度身につけてしまえば維持するのにほとんど苦労がいらないところだ。

何度もくり返してきたように、怠惰計画のおかげであなたは、人生を支配してきたおぞましい「…ねばならない」すべてから解放されるのだ。しつこくあなたをつついてくる情熱も、創造も、衝動も、排除してくれる。人生ではじめて、あなたは心からくつろぎ、一切の不安がなくなる。ひとりひとりが安息するのは、業績を上げたり社会契約を確立したりするより、ずっとずっと重要なことだ。

怠惰の運動が広まっていることをまだ信じられない方々、何世紀にもわたって怠惰に押しつけられてきた否定的なイメージや、怠惰は人を神から遠ざけるなどというアホらしい考えをいまだに信じている方々には、ご忠告申し上げよう。そういう方たちは、緊張しすぎているか、潰瘍ができているか、むなしい希望を抱いているか、ありえない幻想を抱いているか、共産主義志向があるか、何かで苦しんでいるに違いない。政治や人間の可能性をいまだに信じているとしたら、その人には妄想癖があるのだ。

この本や怠惰の生活スタイルに感銘しないのならば、それはあなたが希望を持ち、人間の可能性をいまもって心から信じている証拠だ。しかし、歴史が何か教訓を与えてくれているとすれば、それは人類がいまだにほんとうに平和で愛すべき世界をつくりえていない、ということだ。市民権運動は、盛り上がりを見せたかと思うと消えていく。すばらしい芸術も、現れては消えていく。救世主だって、現れたかと思うといなくなってしまうのだ。そんななかでも、人間の限界は存在し続ける。だとすれば、二一世紀のはじまりにあたって、どこかの原理主義者に地上の生きものがみんな吹き飛ばされてしまう前に、怠惰に身を染めたほうが賢明なのではないだろうか。

怠惰によって偉大な文明は生まれないかもしれないが、しかし怠惰は文明を破壊しもしない。靴を脱ぎ捨て、腰を下ろし、「もう、やーめた」と宣言する潮どきなのではないだろうか。

最後に、新しい活動グラムの一覧表をつけておく。また、823チャンネルは怠惰専門チャンネルで、人を刺激したり興奮させたりしないと保証つきのプログラムを放送している。ほかのチャンネルと区別しづらい番組もあるかもしれないが、わたしの寝顔を見られるのは823チャンネルだけだ。

人生の転機に新しい針路へ進もうとしているあなた方みんなに、おめでとうを言い、幸運を祈りたい。わたしの域に達するのは、まだまだ長い道のりだ。怠惰を受け入れる上では、誰しも何かしら犠牲にしたものがあるだろう。けれどもかわりに得られるものは、はるかに大きいのだ。この本を読みとおすことは、あなたに課せられた最後の難題である。もう難しいことは何ひとつする必要がない。試練は終わった。あとは下る一方だ。大騒ぎしなければならないほどの大事など、実際には何もないのだ。では行ってらっしゃい。できれば愛していると言ってあげたいが、それにはずいぶんと力を振りしぼらなければならない。

同志怠惰たちよ、ぐっすりおやすみ。

ふろく
活動グラム表

毎日の活動の目安に、この成分表を活用されたし。ただし、維持期間に入るまでは、推奨活動グラムは一日あたり五〇なので、きちんと守るように。そのあとは七五まで増やすことができる。

まるっきり禁止されている活動もある。たとえば、もしどうしても走らなければならないとすると、そのあとの二週間は消費した活動グラムを取り返すため、一切動くことはできない。

また、活動によっては非常に怠惰度が高く、一日の総計からマイナスになるものもある。引き算できる活動は、マイナス活動グラムとしてあり、特に推奨される。

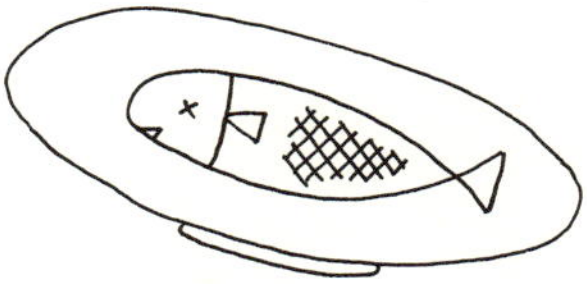

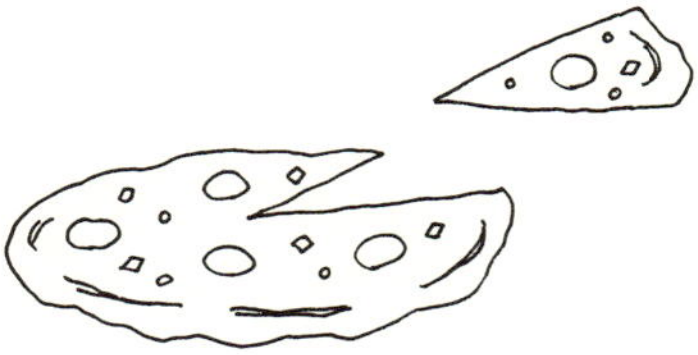

飲食

ドーナツを食べて、(眠りを誘う)お茶を飲む	5活動グラム
昼食の出前を取る	3活動グラム
ペッパローニ・ピザを食べる	15活動グラム
ウォッカをストレートで飲む	5活動グラム
冷凍食品ディナーを食べる	8活動グラム
チキン・シーザー・サラダを食べる	30活動グラム
寿司を食べる	20活動グラム
トウィズラーを食べる	2活動グラム
自宅で料理	通常の活動グラムを3倍
焼き魚	40活動グラム

気ばらし

アニメ番組を見る	5 活動グラム
ニュース番組を見る	50 活動グラム
友人とおしゃべり	10 活動グラム
親とおしゃべり	100 活動グラム
自転車に乗る	100 活動グラム
ウォーキングマシン	200 活動グラム
走る	500 活動グラム
ローラーブレード	1000 活動グラム
スノーボード	読む本を間違えていませんか？
スノーボード・ゲーム	10 活動グラム
買いもの	25 活動グラム
ネットで買いもの	10 活動グラム

読みもの

新聞（うへ！）	30 活動グラム
本書	2 活動グラム
ゴシップ雑誌	5 活動グラム
ファッション雑誌	3 活動グラム
娯楽雑誌	5 活動グラム
通販カタログ	10 活動グラム
19 世紀ロシア作家の小説	100 活動グラム
自己啓発本	300 活動グラム
シェイクスピアの戯曲	400 活動グラム

恋愛

キス	50活動グラム
受け身のセックス	3活動グラム
やる気のセックス	200活動グラム
マスターベーション	100活動グラム
結婚（異性婚）	500活動グラム
結婚（同性婚）	600活動グラム
パートナーに「愛している」と言う	400活動グラム
離婚	700活動グラム
嫉妬	60活動グラム
妄想	500活動グラム
ラブレターを書く	30活動グラム
メールでラブレターを書く	20活動グラム
デートに行く	200活動グラム
セックスパーティ	800活動グラム

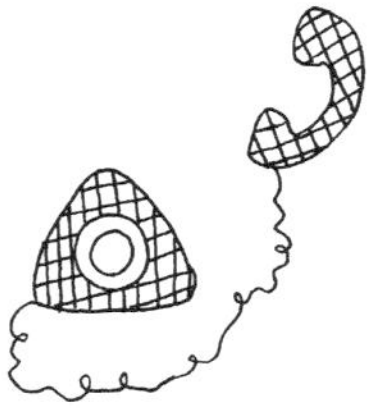

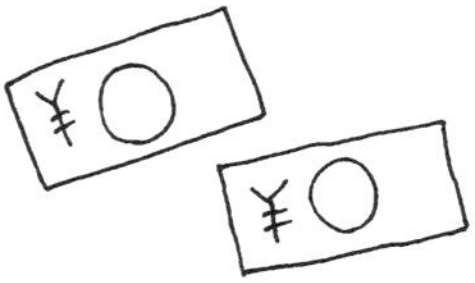

仕事

証券会社に電話をかける	10活動グラム
証券会社にメールを送る	7活動グラム
折り返し電話をかける	30活動グラム
取引の交渉をする	100活動グラム
新しい取引を開拓する	200活動グラム
破産	60活動グラム
出版社に電話をかける	50活動グラム
家を買う	100活動グラム
打ち合わせをする	75活動グラム
求人に応募する	100活動グラム
事業をはじめる	300活動グラム
芝居を興行する	400活動グラム
家を建てる	400活動グラム
出張する	400活動グラム
昇進する	500活動グラム

休養

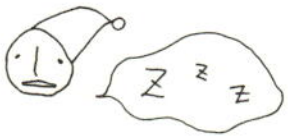

座る	7活動グラム
足を高くして寝そべる	5活動グラム
体をまるめて寝そべる	3活動グラム
一週間分のゴミと仕事を放っておく	1活動グラム
ハンモックに寝る	3活動グラム
床に寝る	2活動グラム
棺桶に寝る	2活動グラム
起きる理由が何もない	2活動グラム
要務を逃れる	5活動グラム

活動グラム相殺！

寝る	0活動グラム
昼寝	−30活動グラム
嗜眠	−100活動グラム
24時間動かない	−50活動グラム
冬眠	−20活動グラム
麻痺	−20活動グラム
無気力	−20活動グラム
食欲をなくす	−50活動グラム
神と距離をおく	−1000活動グラム
本書を再読する	−25活動グラム

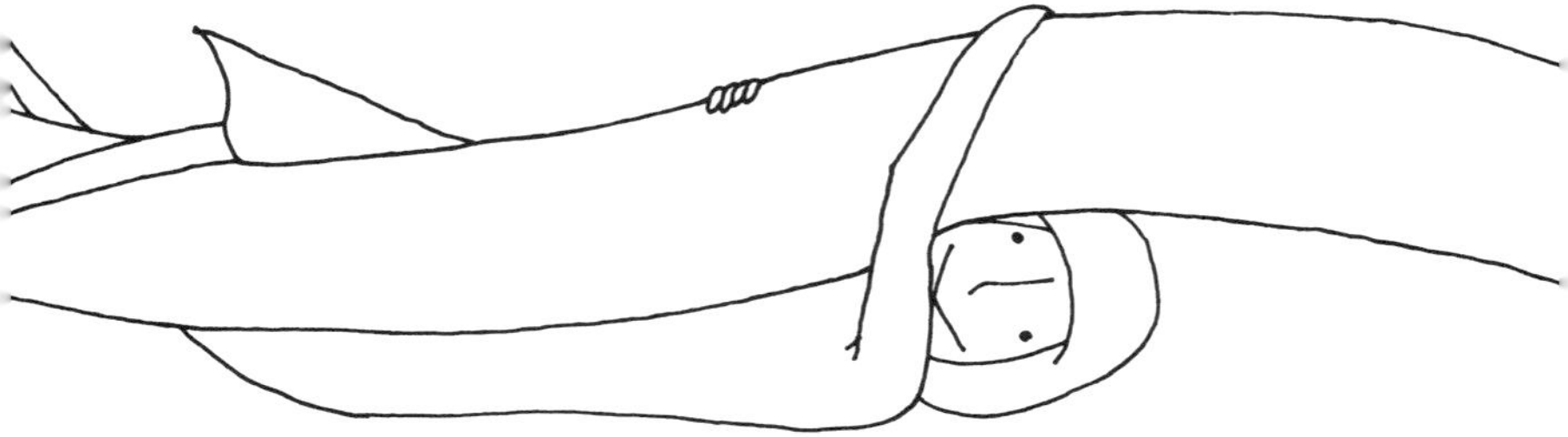

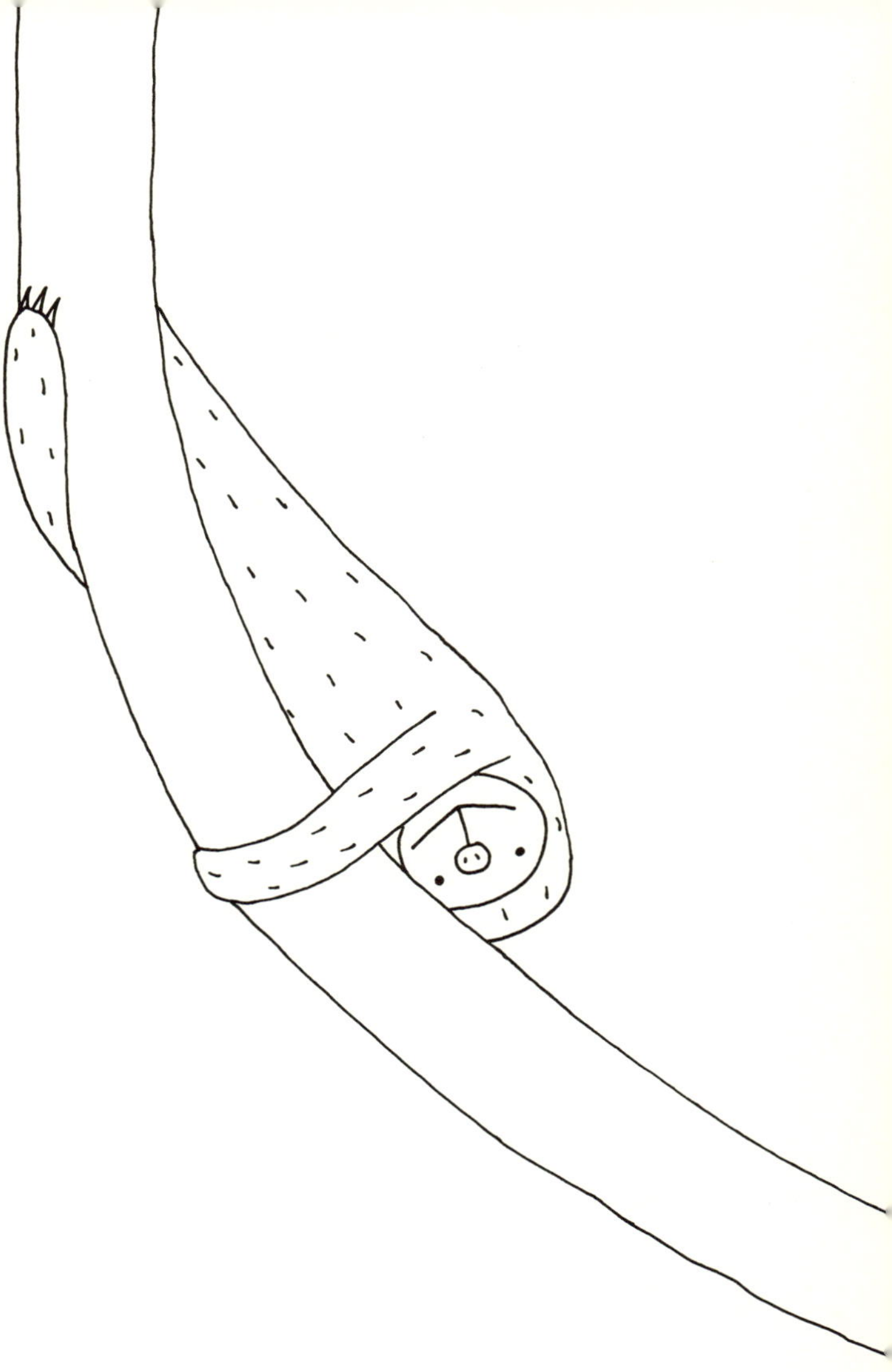

エッセイ
ナマケモノばんざい

いやー、そうなんだよ。
どこかオカシイと思ってたんだよ、この世の中は。
みんな働きすぎの頑張りすぎだよ。
世界中の人がこの本読んでナマケレばいいんだよ。

「怠ける」なんて漢字で書くのはメンドクサイから
カタカナで書きます。
「ナマケル」です。

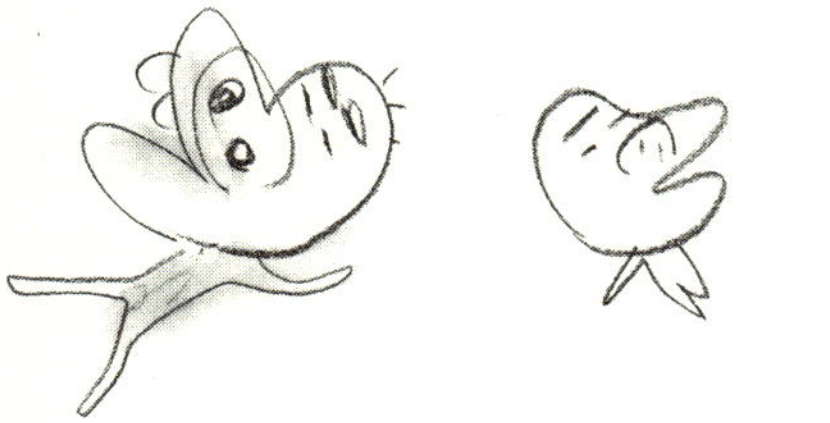

子供の頃「ラクしたいよー」と言うと、
大人は必ず「働いてお金をかせげば後でラクできる」
って言ったよねー。
「後」っていつだよ？　もういっぱい働いたよ。
働いたって働いたって、また次の日も働かなきゃいけなくて
歳くったら働くのがだんだんしんどくなって、
「ありゃ楽になったな、」なんて思ったら
その時は死んでたりするんだよ。

オレが考えるところ、悪いのは水戸黄門だな。
「人生楽ありゃ苦もあるさ～♪」なんて脅すから
みんな気軽に楽ができなくなっちゃったんだよ。
楽してるとあの耳障りなダンダカダ、ダンダカダ♪
って大仰な前奏が聞こえてきて

「苦～もあるさ～♪」とくるからさ、
「苦かぁー、イヤだな～」なんて
みんな心配になって頑張っちゃうんだよ。

だいたいこの問題は個人の問題じゃないよ。

「一人一人の向上心が丸い地球を狭くする♪」

って歌を作ったのは二五歳の頃だったかなー。

あの頃から分かってたんだよな、オレは。

みんながみんな、よりよくなろうなんて頑張るから、
全体のレベルがどんどん高くなって、
競争だからってさらにみんな頑張って、
その結果、技術だか経済だか文明だかがどんどん発達して、
そのために使われる資源はどんどん消費されて、

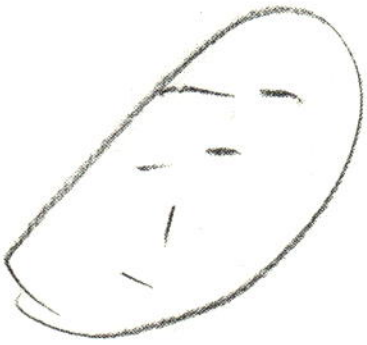
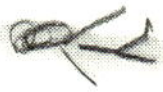
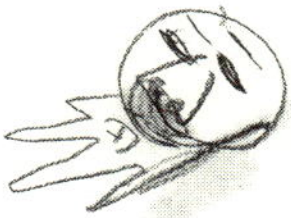

いまや細った資源の上に
巨大な文明が危うくバランスとってるようなもんだよ。
頑張るってことは結果、地球を齧るってことだよ。
わっ「齧る」だって。
難しい字を書いたら一挙に疲れたな。
難しい字はもういいよ。
書けたからってそれでなんだよ。
一〇〇画くらいあるスゲー字を書けるようになれば
気がすむのかなー。
そうしたらまた一〇一画の字が書きたくなるんだろうな。

そう、もう欲は充分だよ。
欲はきりがない。

欲は無限なのに、人生は有限だから。
だからなんだかうまくいかないんだよ。

オレは予備校のころ石膏デッサンしながら「出家しようか」
なんて考えてたんだよなー（笑）

出家したら欲がなくなって悩みもなくなるかなー、なんて。
でも出家しなくてよかったよ、あれって修行とか大変そうだし、
そんなことしなくてもナマケレばいいんだものな。

ナマケて、ナマケて、さらにナマケて
仕事もプライドも家族も夢も希望も全部捨てて、
水戸黄門のテーマが聞こえてきたら、あわてて消して。
で、さらにナマケて、ナマケて

でもって、最後の最後はグーグー寝てるうちに
死んじゃえばいいんだよね。

イラストレーション
しりあがり寿

著者紹介

ウェンディ・ワッサースタイン
Wendy Wasserstein

1950 年アメリカ、ニューヨーク生まれ。
アメリカを代表する劇作家。
『ハイジ・クロニクル』でトニー賞演劇作品賞、
ピューリッツァー賞戯曲部門を受賞。
2006 年ニューヨークにて死去。享年 55 歳。

訳者紹介

屋代 通子
やしろ　みちこ

1962 年兵庫県西宮市生まれ。横浜育ち。
大学で国語学を学んだ後、出版社で翻訳校正業務に携わり、
翻訳の道に入る。
現在は札幌市在住。
主な訳書に『シャーマンの弟子になった民族植物学者の話』上・下、
『オックスフォード・サイエンス・ガイド』（以上築地書館）、
『子ども保護のためのワーキング・トゥギャザー』（共訳・医学書院）
などがある。

怠惰を手に入れる方法

2009 年 8 月 10 日　初版発行

著者	ウェンディ・ワッサースタイン
訳者	屋代通子
発行者	土井二郎
発行所	築地書館株式会社 〒104-0045 東京都中央区築地 7-4-4-201 TEL 03-3542-3731　FAX 03-3541-5799 http://www.tsukiji-shokan.co.jp/ 振替　00110-5-19057
印刷・製本	シナノ印刷株式会社
イラストレーション	Hulot 636
装丁	今東淳雄（maro design）

　ISBN 978-4-8067-1386-9 C0098

SLOTH